2017年度
公安文学精选
（散文诗歌卷）

麻雀·尊严和自由

全国公安文联◎选编

代表本年度中国公安文学最高创作水平
一年一度的中国公安文学盛宴

群众出版社·北京

图书在版编目（CIP）数据

麻雀·尊严和自由：散文诗歌卷／全国公安文联编．—北京：群众出版社，2019.4

（2017年度公安文学精选）

ISBN 978-7-5014-5935-3

Ⅰ.①麻… Ⅱ.①全… Ⅲ.①散文集—中国—当代②诗集—中国—当代 Ⅳ.①I217.1

中国版本图书馆CIP数据核字（2019）第061737号

麻雀·尊严和自由
全国公安文联 编

出版发行：群众出版社
地　　址：北京市丰台区方庄芳星园三区15号楼
邮政编码：100078
经　　销：新华书店
印　　刷：三河市荣展印务有限公司

版　　次：2019年5月第1版
印　　次：2019年5月第1次
印　　张：7.625
开　　本：880毫米×1230毫米　1/32
字　　数：220千字

书　　号：ISBN 978-7-5014-5935-3
定　　价：38.00元

网　　址：www.qzcbs.com
电子邮箱：qzcbs@sohu.com

营销中心电话：010-83903254
读者服务部电话（门市）：010-83903257
警官读者俱乐部电话（网购、邮购）：010-83903253
文艺分社电话：010-83903973

本社图书出现印装质量问题，由本社负责退换
版权所有　侵权必究

出版说明

为深入贯彻党的十九大精神和习近平总书记在文艺工作座谈会上的讲话等系列重要讲话精神，积极落实公安部关于推动公安文化大发展大繁荣的实施方案中提出的"推出更多公安题材优秀文化作品，出版年度公安文学精选"的要求，进一步加强公安队伍思想文化建设，服务公安现实斗争，着力打造公安文化品牌，推出公安文学精品，发现和扶持公安文学创作人才，满足新时期公安民警对公安文化的新期待、新需求，同时更好地满足广大读者对优秀公安文学作品的阅读需求，全国公安文联和中国人民公安出版社决定继续选编、出版"2017年度公安文学精选"。

由全国公安文联选编的"年度公安文

学精选"迄今为止已出版了二十三卷,即"2011年度公安文学精选"共三卷,含中篇小说卷《特殊任务》、短篇小说卷《结案风波》、纪实文学卷《追捕始于新婚之夜》;"2012年度公安文学精选"共四卷,含中篇小说卷《归案》、短篇小说卷《编外神探》、纪实文学卷《亮剑湄公河》、散文诗歌卷《我的贺年卡》;"2013年度公安文学精选"共三卷,含中篇小说卷《命运之魅》、短篇小说卷《沙堡》、纪实文学卷《追捕深海"掠食者"》;"2014年度公安文学精选"共四卷,含中篇小说卷《派出所长》、短篇小说卷《无处可逃》、纪实文学卷《"猎狐"行动》、散文诗歌卷《心中有座百草园》;"2015年度公安文学精选"共五卷,含中篇小说卷《风住尘香》、短篇小说卷《神算》、纪实文学卷《刑警"803"》、散文诗歌卷《秘密》、网络文学卷《背后有眼》;"2016年度公安文学精选"共四卷,含中篇小说卷《绑架》、短篇小说卷《罪案病理》、纪实文学卷《铁笼沉湖》、散文诗歌卷《我的警察兄弟》。以上作品出版后,受到了广大读者,特别是全国各级公安机关民警的欢迎和喜爱。

"2017年度公安文学精选"的入选作品,均为发表后受到读者广泛好评并产生较好社会效益的优秀公安文学作品,代表2017年度中国公安文学在中篇小说、短篇小说、纪实文学、散文、诗歌体裁中的最高创作水平,在思想性和艺术性方面具有突出特色,是奉献给广大关心和热爱公安文学的读者的精神大餐。

"2017年度公安文学精选"共出版四卷,即中篇小说卷、短篇小说卷、纪实文学卷、散文诗歌卷。

这是中国公安文坛第七次举办全国性"年度公安文学精选"的征集选编活动。该活动由中国公安文学精选网协办。

"年度公安文学精选"编委会办公室
2018年8月10日

目 录

散 文（2017年度）

爱的出发和抵达／陈 晨 …………………… 3
父亲的"一大"情结／初日春 …………………… 6
小莫和老童／谢沁立 …………………… 10
墨尔根土地上的深情守望／韩秀嫒 …………………… 15
黄草坝上峰成林／韩冬红 …………………… 19
雪 夜／旷胡兰 …………………… 25
入药的藕节／申瑞瑾 …………………… 28
哭 娘／许 震 …………………… 33
历史裂缝中一把不寻常的火／李 佳 …………………… 43
从心底流淌出的诗／刘国震 …………………… 47
蛛丝马迹中寻破绽／卢 嫠 …………………… 52
生死泗渡／夏晓露 …………………… 55
带着《边城》游边城／程 华 …………………… 63
纸上月光照亮从警之路／朱红梅 …………………… 67
问"香"有几许／顾颖颖 …………………… 72

因为文学，我开启了一个世界 / 刘晓霞 ……… 76
你也可以是暖暖的"陌生号" / 蓝　茹 ……… 80
天不负 / 张　雷 ……… 85
警营如炉亦是家 / 李　阳 ……… 89
静夜思 / 朱东锷 ……… 95
八月桂花香 / 罗瑜权 ……… 99
红土地上铸警魂 / 梁路峰 ……… 102
我的一段学艺生涯 / 黄晓梅 ……… 106

诗　歌（2017 年度）

麻雀·尊严和自由 / 侯　马 ……… 113
中年漂流 / 许　敏 ……… 114
围　棋 / 田　湘 ……… 116
忠诚的证明
　——观《南粤亮剑——广东省公安机关"飓风
　2016"专项行动成果展》有感 / 李国强 ……… 118

山野经 / 杨　角 ········· 120
山顶在雪夜暂时高了一些 / 武靖东 ········· 121
落雪辞 / 蝈　蝈 ········· 122
大金瓦殿前 / 苏雨景 ········· 123
断　崖 / 张雁超 ········· 124
仿佛它就是时光 / 翟营文 ········· 125
敌　意 / 芒　原 ········· 127
根，或独白 / 陈计会 ········· 128
草原的云朵 / 逯春生 ········· 130
秋风里的母亲 / 孙友民 ········· 132
入蜀记
　——兼致蝈蝈 / 陇上犁 ········· 134
愿野草葳蕤 / 沈秋伟 ········· 135
太阳雪 / 孙梓文 ········· 137
枯蓬记 / 圻　子 ········· 138
预审笔记 / 青蓝格格 ········· 139
抄子屯的雪 / 王富举 ········· 141

半窗月光
——监狱日记摘抄 / 詹用伦 ………… 142
海的家园 / 董　妍 ………… 144
如果银河倾泻 / 卢鑫婕 ………… 147
盛夏里 / 李晓峰 ………… 148
硬　块 / 莫　莫 ………… 150
爱如雷 / 王长征 ………… 152
河对面的秋天是大家的 / 李德武 ………… 154
大雪有灵 / 周孟杰 ………… 155
爷爷是无法指代的代词 / 小　芹 ………… 157
打　捞 / 于国华 ………… 158
我喜欢被风吹向每个角落 / 甲　戈 ………… 160
深夜，法制民警在审阅案卷 / 戴存伟 ………… 161
拔牙记 / 瞿海燕 ………… 163
活　着 / 吴顺天 ………… 164
逐　日 / 周　昊 ………… 166
当雪开始落下 / 大路朝天 ………… 167

面对一场雪 / 孙学军 ······ 169
词语的火焰 / 葛峡峰 ······ 170
在仓南 / 土曼河 ······ 171
在秋天的丛林里流连 / 李 群 ······ 173
沈寨 / 沈 国 ······ 175
后明山 / 锦衣夜行 ······ 177
在痘姆，遇到一场香樟雨 / 王 玮 ······ 178
我只对一粒麦子低三下四 / 邑 水 ······ 180
异乡客的黎明 / 刘 云 ······ 182
悬崖上的仙人掌 / 艾诺依 ······ 183
刑警的词性 / 川江号子 ······ 185
春天，西施故里遇见一个商人 / 邓醒群 ······ 187
站在长桥海边上 / 李 军 ······ 189
追着火车跑的人 / 梁荫发 ······ 191
闽江：洗濯或遥念（节选）/ 何金兴 ······ 192
与思念狭路相逢 / 刘晓霞 ······ 194
祭警魂 / 熊游坤 ······ 196

垂柳之心 / 邬跃武 ············ 198
腊八节的温暖
　　——献给巡逻中因公牺牲巡特警、一等功臣
　　杨建军 / 艾　璞 ············ 199
最爱初秋 / 蓝花布 ············ 201
每一条路都是光阴的暗河 / 曹　成 ············ 203
婚　事 / 刚　子 ············ 205
鱼的避暑方式 / 刘心莲 ············ 207
报案人 / 袁嘉敏 ············ 209
雨中人 / 韩　俊 ············ 210
唱给验讫章的歌 / 李明珠 ············ 212
孝义：以山为骨削尖的部首 / 臧思佳 ············ 214
上　火 / 饶　剑 ············ 216
便衣警察 / 赵立源 ············ 218
北纬30度的呼唤 / 高本宣 ············ 220
秋　雨 / 包训华 ············ 222
花好月圆 / 张　雷 ············ 224

像星星一样的说话／烛龙君 ·················· **226**
我不想，你的爱在秋天走远／惊鸿照影········ **227**
武当梵音／吴全礼 ···························· **228**
京城秋色／木　木 ···························· **229**

 散文
（2017 年度）

爱的出发和抵达

陈 晨

我的思乡情绪是被城市的过年气氛唤醒的。除夕将近,城市越来越空旷,道路越来越宽敞,行人越来越稀少,平时熙熙攘攘的城市一下子变成了一座空城。大批新移民和打工者,仿佛不约而同地收到了城市的逐客令,潮汐一般退向回乡的路。老家,父母,是吸力强大的磁铁,永远牵引着远方的游子。

每年这个时候,我就会特别想我的父母。说来惭愧,尽管同在一座城市,也就不到两个小时的车程,但一年之中我回父母家的次数屈指可数。有时候是在忙工作,有时候是需要刻意保持一种写作的状态。一直很羡慕那些文思畅达的写作者,任何时候都能一挥而就。而我,似乎必须抛开一切、进入某种状态才能写，而最先抛开的，常常是与父母的团聚。我的父母是那种儿女至上的传统父母，一辈子都在为儿女着想。只要我打电话过去说我在忙，这个周末就不去看他们了，他们就会说："没事，没事，你忙去吧，把自己身体照顾好。"一周复一周，他们心里盼着我，嘴里却说着让我宽心的话。

过年前，我特意回了一次父母家。母亲照例在厨房忙个不停，父亲照例坐在客厅里看五星体育频道弈棋耍大牌。这样的画面似乎是标准化的场景，永远定格在我脑海里，也是我想念他们时，最容易唤起的记忆。

岁末年初的探望，总是包含着总结和展望的意思，所以我总是愿意过得更有仪式感一些。吃过晚饭，我把自己一年的工作跟他们做了一个系统的汇报。有些事情，其实平时也零星地跟他们说过，但每年年末，像总结报告一样归纳起来一并告诉他们，让他们知道自己的女儿在外面做了什么事，他们会高兴。父母物质生活无忧，带些好消息给他们，于他们是最好的年礼。

去年的工作按部就班，唯一足以让他们欣慰的是我得了两个写作的奖。我把奖励证书拿来，交给他们保管。于其他人，也许微不足道，但对于他们却是堪慰老怀的无价之宝。他们戴上老花镜一本正经地看，看完一言不发，没说好也没说不好，似乎是不知道怎样表达，也似乎是羞于表达。他们的脸色一如既往地平静着，就像无边无际的海洋，即使内心波涛汹涌，海面依然风平浪静。几十年来，他们习惯了把喜悦、悲伤、骄傲和爱都收纳进沉默而宽广的内心，有节制地、一点一滴地释放。然而，再也没有比他们的沉默更让我平静而安然的，我因他们的沉默而沉默，也因他们的节制而节制。所谓的成功也罢、喜悦也罢，我只允许自己稍微开心一小会儿，然后一切归零，重新开始。年岁渐长，我渐渐体会到节制的好处。有节制的快乐，仿佛是可以储存的能量，用来抵御人生道路上未知的困难和不幸，如同精心收藏的一根炭火，可以在无依的冬夜里拿出来为自己取暖，照亮未卜的前路。从小到大，我从未听到我的父母当面表扬过我，但我知道，他们是为我骄傲的。

平时都是匆匆地来匆匆地去，很久没有仔细端详过我的父母了，这一次，我近距离地看着他们，酸楚地感受着岁月对他们的伤害。他们的头发完全白了，平添了几分沧桑感。父亲的背开始佝偻了，无法挺直，无故地矮了一截。我问他们，身体还好吗？母亲说："我还好，你爸住了两次医院，一次是发烧，一次是动了一个胆管结石清除手术"。我听了大惊，这都是什么时候的事啊？母亲说，一次是你去北京出差的时候，一次是你去贵州出差的时候，怕你分心，影响工作，就没告诉你。

我难受极了，所谓亲人，不就是要在彼此需要的时候给予对方心灵的慰藉吗，否则要亲情何用？父亲看我难过的样子，责怪母亲多嘴，说又不是什么了不起的大病，说它干啥。

相聚有时，每一次相聚，都是一次爱的抵达，我们在彼此的生命里盘根错节，我们在彼此的注视里找到爱的内容，我们为彼此蓄上亲情的力量。

离别的时候，父母眼中的留恋总是让我不舍。我告诉他们，接下来我会很忙，除夕之夜要增援基层，参加街面巡控，大年夜的团圆饭只好再次缺席。家有警察儿女的父母，大概都会跟我的父母一样，有骄傲，也有遗憾，每一次行动、每一次出差之后的平安回家就是给他们最好的安慰。

除夕前夕，我带着满满的亲情继续出发。

（原载《人民公安报》2017年2月1日）

父亲的"一大"情结

初日春

一

父亲冲我大发雷霆,原因是我出差上海,没去中国共产党第一次全国代表大会会址看看。

"你还是党员吗?你还像个军人吗?"父亲问我。最近几年,父亲乐于被街坊邻居称为"老党员",也时常把"党员"这两个字挂在嘴边。倘若别人对"党员"二字稍有不敬,他便会生气。不仅如此,他还一直认为,我的祖上与开天辟地的中共"一大"有着千丝万缕的联系。

父亲的主观意识严重影响了我,在某一时期,我总是做着同一个梦:

夏末秋初的光景，在上海一个幽静的院落里，初凤林顺着花丛装扮的小路，拐了个弯儿，走到院中央，那里有一口大缸，缸里养着荷花。他在缸前驻足，我站在他身后，试图与他对话，但他始终不肯言语。

这个梦并非我凭空杜撰，它源于父亲的讲述，初凤林是他的祖父，也就是我的曾祖父。

父亲说，曾祖父与上海滩的一位邵先生有着莫逆之交，邵先生参与过中共"一大"的筹备工作。父亲据此认定，曾祖父可能也为党的事业做过贡献。这一说法无从考证，唯一能知晓的是，他后来沾染了吸食鸦片的恶习，灰溜溜地返回老家。他在弥留之际对四个儿子说，这辈子最对不住的是邵先生，希望孩子们莫学自己，能够去上海，像邵先生那样做些大事。

当兵之后，我发现父亲讲述的内容难以自圆其说，偶尔会通过电话跟他争论某些细节。每遇到这种情况，父亲就言及其他，说什么"邵"与"初"是有渊源的，邵先生因此特别赏识曾祖父。的确，在山东菏泽地区，为逃避灾难，曾有邵姓人士举家改姓初，但这并不能说明什么。我甚至一度怀疑，在中共历史上是否真有一位姓邵的先生。

二

军校生活为我提供了便利条件，我在图书馆查到了很多资料。比如，邵先生虽然不是中共"一大"代表，但他作为上海党组织的早期成员，一直在为筹备会议操劳着。他不但与李达、李汉俊和张国焘等人共同起草了供"一大"会议讨论的文件，还把自己的家当作大会的"筹备处"，并险些遭遇白色恐怖。

邵先生的家，那就是我梦中去过的院落吗？真正找到了历史依据，那些梦境反倒离我远去，倒是战火纷飞的场景冷不丁地会涌进我的脑海。我难以用文字还原那些场景，只能感慨在如此艰苦的环境下，我们党在劳苦大众的拥护下一天天成长壮大，进而又一步步走向今日的辉煌。

我忽然明白父亲为什么要反复唠叨曾祖父的故事,他是想用家族史教育我堂堂正正走正路。庆幸的是,我成为家族中的第四位军人。

曾祖父的四个儿子未曾去上海,却没辜负他的遗愿。老大参加了地下党,隶属于胶东抗日特委,又跟随部队转战南北;老二是东海独立团的营长,牺牲时年仅二十一岁;老三跟杨子荣是同批兵,一起去了东北;老四,也就是我的祖父,留在老家负责传宗接代,他去世前再三嘱咐父亲,让我将来也去当兵。

我是家里的独子,父亲不顾家人反对,在高考和入伍之间选择了后者,硬是把我送到了部队。消防兵是和平年代最危险的兵种,我很多次踏入灭火救援的现场,也曾怨过父亲心狠。

很多年来我与父亲的关系不冷不热。直至前年,我受命连夜赶到某爆炸事故现场,见了太多的生离死别,方比以往更加挂念父母。一周之后返回北京,我才得知父亲为我的这次任务生了一场病,还专门让亲戚朋友瞒住我,怕我工作分心。

待我赶回家时,他仍未出院,我忽然感到有些难过,某一瞬间,我双目湿润。他看出了我的情绪变化,问我是不是个党员、像不像个军人?我第一次保持了沉默。他的火气来得急走得快,又换了一副语气,让我替他交上一笔特殊党费,说是要救助事故中的受灾群众。

我朝他笑了笑,因为我知道,他是想用这种方式向我传递一种声音。

三

我无意去拔高父亲的形象,在类似事情上更不能发表反对意见,好像多说一个字就会引发一场"战争"。

战争早已变为历史,能载入史册的是那些为革命献身的先驱们。曾祖父无缘此列,终究抱憾终生,他只能盼望子孙帮他遂愿。

今年夏天的某个午后，我终于来到了位于上海兴业路的中国共产党第一次全国代表大会会址。我站在了十八平方米的客堂里，这里曾是"一大"代表李汉俊的家，我仿佛看到邵先生正在布置会场……而凝目望去，只剩下熙熙攘攘的游客。我小心翼翼地走过去，想要寻找先人的足迹，却猛地看到曾祖父在那里笑吟吟地站着，冲我摆摆手，压低声音跟我说，邵先生是忙大事业的人，太累，别扰了他的清静。

那天晚上曾祖父破天荒地再次入梦。他还在那个小院里，院子中央有一口大缸，缸里蓄满了水，荷叶争先恐后地钻出水面，露出的尖尖角像一群孩童在招手。这一次，我就站在他的对面，我们像一对久别重逢的故人，说了很多悄悄话。他还是一副书生气，说话慢条斯理，只是在提到邵先生时，双眸才现出了晶莹，比荷叶上的露珠还璀璨。

梦醒时分，我还不愿回到现实，猛然发现好多话还没来得及说出口。或许我应该给梦中的曾祖父买部手机，不管打电话还是发微信，我都得托他给邵先生捎个话。说点什么呢？干脆就说说身边的变化吧，可这好像一辈子也说不完。我隐约觉得，这一切似梦又不是梦。

邵先生名叫邵力子，是著名的政治家、教育家，他好像真跟我的曾祖父有些关系。当然，有些事情并不重要。

（原载《中国文化报》2017年11月14日，获第八届冰心散文奖）

小莫和老童

谢沁立

小莫是派出所所长,八零后,布依族。
老童是派出所副所长,七零后,汉族。
老童说,我是少数民族。
老童说这话时,小莫在旁边笑眯眯地附和,是啊是啊,您当然是少数民族。
老童的话没错,在他们派出所管界,二百零六平方公里,不到一万人口中,汉族、瑶族、布依族、水族和苗族居民和谐共处,其中,汉族人口仅占百分之二,瑶族群众占了绝大部分。
他们的派出所是贵州黔南荔波地区的瑶山派出所。加上小莫和老童,所里一共只有五名民警。虽然警力少,但工作量一点不少,接警处警、治安防范、打击犯罪、户籍管理每一项都疏忽不得。

小莫个子高大，体型瘦削，健美肌肉伸臂可见，那是他大学期间的锻炼成果。老童个子矮些，稍胖，刚满40岁，已经谢顶。他们一起出警时，一高一矮、一胖一瘦的两名警察，倒是山间的一道风景。

瑶山，真像琼瑶之山。小莫走访山顶悬崖边的力书村时，一团团的云雾围绕着他，犹如仙境一般。老童带着辅警上门给群众办身份证，背着相机和采集指纹的仪器，翻山越岭，有时还要攀爬云梯。

派出所就在半山腰的路边，一座简易的二层小楼，一辆警车停在院子里，门口的警灯在夜幕中闪耀着，特别醒目。虽是山腰，但因为路修得好，汽车可以从山下一路开上来。老童说，以前这里都是土路，不通车，居民背着自种的食药材、自做的手工制品，赶着自养的牲畜徒步下山赶集，卖掉这些东西后，除了买回生活必需品，男人们总要买些酒喝。回家的路上，他们边走边喝，常常走到半山腰时，已是大醉，在路边倒头就睡。有时，倒在路上睡觉的男人们能排成一队，民警们只好把他们一一挪到路边，以免被过往的摩托车和牛羊群撞到。男人们打着鼾，妻子们则坐在一旁守着，不呼喊，也不骂人催赶，就那么守着自己的男人，等他睡醒后一起回家。

瑶族群众真是淳朴啊！走在瑶寨的村落里，老童总是这样感叹。

老童最愿意给外地来办案的警察介绍当地青年男女的恋爱风俗。女大当嫁时，瑶族姑娘的卧室都会凿出一个两厘米的通向屋外的"恋爱洞"。晚上夜静人稀，大门紧闭，年轻小伙子就带上一根棍子，来到"恋爱洞"旁，用棍子捅进"恋爱洞"里，姑娘们知道是心上人，就对着洞口情意绵绵地与情郎谈个没完。如果她不喜欢这个小伙子，就默不作声，男子只能无奈返回。外地民警有时会问，老童，您当年捅了嫂子的闺房没？老童说，我当然没有，我直接说，你嫁给我吧。就这样，她就嫁给我了。小莫知道，老童的妻子也是一名民警，在县公安局。在这个双警家庭里，老童每天都在所里和辖区忙着，妻子在县城总要外出办案，夫妻俩一个星期才能见一次面。但每当提起妻子，老童都是一脸的幸福。

小莫生在荔波，长在荔波，是家中的独子，在武汉读的大学自动化专业。毕业后他一门心思要当警察，便考了公务员。他当社区民警时，一次蹲堵犯罪嫌疑人。抓捕行动还没开始，旁人的一个异常声响惊动了嫌疑人，嫌疑人疯狂逃窜。小莫毫不迟疑，从五六米高的墙头跳下去，将犯罪嫌疑人抓住。小莫到瑶山派出所当所长，已经五年。他说，他喜欢这里的山，这里的水，这里的人。他愿意守护着这瑶寨的平安。

瑶山风景优美，但山高路远，交通不便，孩子们读书都在学校寄宿。小莫当了所长后，就和老童一起到界内的中小学给孩子们讲安全课。讲什么呢？讲遇到什么情况拨打110报警，讲遇到坏人怎么办，讲什么是罂粟花，讲什么是毒品。他们讲课不是照着本本念，而是现场演小品。小莫当然本色出演，演警察。而老童呢，自然是演坏人。老童幽默夸张的样子，逗得孩子们哈哈大笑。就在这笑声中，孩子们学到了很多安全知识。

瑶山的治安不错，刑事案件极少，这是小莫和老童最得意的地方。我们辖区真的很好。他们说这话时，就像在说自己的家。但他们依然闲不住，因为意外常常不约而至。

瑶山的风光，每年的旅游旺季都吸引着天南海北的游客。那年7月的一天，刚刚还是晴空碧日，却突然间狂风呼号，一瞬间，许多树木被风卷断。特别是206省道上，受灾情况严重，几十根被风折断的树木挡住了道路。游客车辆大量滞留在距省道约三公里外的路段。

接到警情，除去一名女警看家，所里的民警和辅警都冲进雨里。小莫带着两个人开车前往堵车现场疏导交通，安抚游客情绪。老童骑着摩托车奔到树木折断的地方。来的路上，几名住在派出所附近的村民听他一招呼，都跟了过来，其中两名村民还带上了家中的斧头和锯子。大雨中，警民一起将拦路的树木锯断，将树木搬到路边。老童一边干活儿，一边告诫大家注意安全，嗓子都喊哑了。

三个小时后，路，通了，旅行车，开过去了，风小了，雨也小了。警察们落汤鸡似的回到派出所，却遭遇停电，连口热水都没喝上，更别提洗个热水澡了。但大家说笑着，将身上的湿衣服脱下来拧着水，对刚才风雨中的狼狈毫不介意。

瑶族群众自古靠在山上打猎、种植包谷、蓄养牲畜为生，生活清贫。但他们生性乐观，对物质要求很低，唯一在意的是自家的牛羊，那可是他们最贵重的财富。

瑶山地广人稀，有的村落只有十几户人家，却分布在几个山头。他们在山头间简单扎上些木栅栏，把猪、牛甚至几笼小鸡都散养出去，让它们满山遍野地奔跑。小莫把村民散养的猪叫"健美猪"，小鸡则被他称为"高颜值的鸡"。

一天晚上，一个村民报警，说自家的牛十几天不见踪影，请民警帮忙找牛。老童去了解情况，原来，这户村民的牛已经散养了半年。十几天前，他忽然想起自己的牛该回家了，于是在山间找了两天，没找到。他便回家拜求神明让他的牛赶紧归栏，但，还是没能奏效。从寄宿班回家的孙女看见爷爷着急，便说，牛是不是被人偷走了呢？咱们打110吧，请警察叔叔帮忙。村民这才报了警。

转天一早，几名民警到山里找牛。两个小时后，小莫在一个山坳里发现一头牛，可丢牛的村民一看，就使劲儿摇头，这不是我家的牛。小莫知道，瑶族老乡就是这样诚实，绝不会去拿不属于自己的东西，也正因为这样，瑶寨邻里从来都是和谐而居，被盗案件极少发生。

第二天，乡亲们帮着一起寻找，依然毫无所获。

第三天上午，民警发现一堆刚刚留下的牛粪。县里的警犬被带到现场，警犬闻了闻牛粪，然后一路嗅寻下去。最后，正悠闲散步的大牛被警犬找了回来。村民搂着健硕的牛说，这是我的牛，没错的。后来，村民的大牛卖了两万元，一家人高兴得不得了。

虽然刑事案件极少，但小莫从未放松自己的警务技能，射击、盘查、法律法规运用样样精通，还曾经代表黔南警队去省里比武并获得了出色的成绩。他曾带领所里民警端掉一个赌窝点，也曾帮助外地刑警在辖区抓住一名网上追逃人员。他还一直关心着一位孤寡老人，定期用自己的钱去给老人买米面油，陪老人拉拉家常。

老童呢，默默做着自己的副所长工作，像位兄长站在小莫身后，支持他，帮助他。在瑶山的小博物馆里，墙上有许多放大的照片，有国家领导人到瑶寨慰问的情景，也有瑶家人的节日庆典场面，每个瞬间都拍得那么精彩，站在镜头对面的人都笑吟吟的。而仔细一看，在照片的边缘，人群之外，总会有老童的身影，他严肃的面容和警惕的眼神似乎与照片表现的基调格格不入。可恰恰是这样的老童才是真正的老童，正是他尽责地游离于这欢声笑语之外，才能让这欢声笑语更加绵长和持久。

（原载《人民日报》2017 年 9 月 2 日）

墨尔根土地上的深情守望

韩秀媛

到嫩江那天,想约杨锐的妻子一起吃个晚饭,和她了解下杨锐,再聊一聊女人的话题。

黑龙江省嫩江县公安局刑警大队视频侦查中队中队长、全国优秀人民警察杨锐的妻子,是当地一位小有名气的妇产科医生。不巧的是,她下夜班后,又做了一台手术,在补觉。

临走的前一天晚上,总算见到了她。那天,她梳着齐肩短发,戴着眼镜,穿一身浅蓝色的裙子,文静知性中透着智慧。印象中的妇产科医生应该有一双大手,那样才有力量托举明天的太阳。可她的手像她的身材一样,纤细瘦小,手背透着淡青色的血管。这双积攒了丰富经验的手,每天都能开启生命之门,捧起未来的希望。

她和杨锐在各自岗位上忙碌。这个看起来文静柔弱的女人，在履行医生职责的同时，用自己单薄的肩膀撑起了生活的全部。杨锐爱学习、好钻研，经常加班熬夜，有时抓逃办案一走就是十天半个月。这些年，都是她在全力支持他。

爱总在无言的默契之中延展。杨锐怕家人担心，在家里不谈工作，或者只是轻描淡写地描述。她怕他惦记家，能自己解决的事情决不分他的心。

像许多警嫂一样，她都是最后一个知道丈夫在危难时刻举动的人，甚至永远不会从丈夫口中听到其中的细节。

她隐约感到，在那一年嫩江"平安夜"发生的特大"黄金劫案"中，杨锐承受着巨大的压力。嫌疑人蒙面持枪，将刚下车的金店老板开枪打死后，拿走金店钥匙，抢走价值一百余万元的黄金首饰。这起恶性案件不但引发了小城的大地震，更引起社会各界的关注，一时人心惶惶。然而，从发案到破案，杨锐和队友用了七十个小时便将嫌疑人抓捕归案。在这七十个小时中，杨锐几乎没合过眼。他利用自己研发的视频侦查"九法"，锁定嫌疑人的藏匿点，对案件侦破起到决定作用。

她不会知道，那一次，杨锐作为第一抓捕小组组长，与队友实施抓捕时，如困兽一般的嫌疑人举起了枪，将枪口指向了他，他也将枪口瞄准了嫌疑人。凛冽的朔风割在脸上，生与死就在冻僵手指几毫米地移动之间……

有时，偶尔能从他同事的聊天中听到杨锐的"壮举"：他总是冲在最前面；他毫不犹豫地扑向嫌疑人；幸亏刀尖偏了一点儿，不然……听到这些，她的心总会慌得不行，心脏"扑扑"地乱跳。她极力控制情绪，焦虑会传递给他，她只想让他安心工作，企盼他每日平安归来。

作为一名医生，她晓得用手术刀割开皮肤和肌肉只需要很小的力度；也清楚一把乱舞的尖刀，置人于死地只在眨眼的一瞬。她更知道，捧在掌心中的每一个鲜活的小生命，母亲将付出毕生的精力抚养他们长大成人。一旦他倒下了，也许，她的天就要塌下来。她不能让他倒下,她要一直这样支撑他、陪伴他走过人生的四季。

她担心杨锐的身体,他心脏不太好,血压又高。杨锐工作时,她很少给他打电话。她不知道他是不是在开会研究案件、蹲守抓捕,她很怕一声电话铃响或手机屏幕的闪亮会扰乱正在开展秘密侦查的杨锐。她清楚,与魔鬼打交道的人,也许一个不经意的小动作就会让杨锐所有的努力和心血都付诸东流。所以,这些年,她学会了忍耐和等待。

去年,她又为他生了二女儿。38岁的高龄孕妇,理应早些休息,可她心里放不下患者,怀孕七个月时还坚持上班,在手术台上一站就是几个小时。

生活的压力和高强度的工作导致二女儿刚出生便有些脑缺氧的症状。当时杨锐正在侦办一起案件,抽不出身来,孩子的姥姥陪着女儿和未满月的外孙女一次又一次地到哈尔滨、北京等大医院求医诊治。她体谅他的不陪伴,在生活的磨砺中,她能感受到埋在他心底的愧疚,更能读懂他内心对公安事业的追求和忠诚。

大女儿3岁时,她支持他参加国家司法考试,他通过了;大女儿9岁时,她鼓励他攻读中国政法大学诉讼法学专业,他取得了硕士学位。学习拓宽了杨锐的法律知识视野,视频侦查"九法"的成熟运用使他成为基层公安机关不可多得的人才。检察院想以"特殊人才"将他挖走,知名律师事务所以高薪聘请他,他都婉言谢绝了。她理解他,成为一名人民警察,是他儿时的梦想。这条平凡和清贫的从警之路,是他用汗水和心血筑就而成的,尽管那条路艰险不可预测,但他时刻都在用行动捍卫警察的尊严,用行动践行习近平总书记对公安民警寄予的殷切希望。

她在杨锐的演讲稿上看到一组数据:近年来,杨锐运用视频侦查"九法"参与侦破各类刑事案件六百余起、大要案七十余起,荣获全省公安机关手印破案能手、视频侦查专业人才和案件审核专业人才等荣誉称号,荣立个人二等功一次、个人三等功一次,是嫩江县的十大杰出青年、全市优秀党员。抚摸着一本本荣誉证书、一枚枚立功奖章,她的眼睛湿润了。望着熟睡中不到40岁就满头白发、视力每况愈下的杨锐，所有的怨言和委屈都化作乌有，只有疼爱和珍惜。

他是两个孩子的父亲，是女儿的楷模；他是她的丈夫，是她心中仰慕的英雄。如今，已经八个月的二女儿，健康、活泼，能扶着床栏摇摇晃晃地站立，常常满脸口水地啃咬着玩具。工作之余，她总会发一些孩子的视频逗杨锐一笑。女儿是父亲心中绽开的花朵，她们的成长不能缺少父爱的浇灌。父亲是女儿心中的大树，洒满阴凉；是天空，给她们希冀的一抹蔚蓝。

她很期待在二女儿稍大些时候，自己能抽出时间去北京进修。可是，谁来照顾孩子，谁来料理家务呢？

夜幕慢慢降临。云，滴入天空，在橘红色的宣纸上晕染成一幅巨大的水墨画。在嫩江江边，几个孩子指着那幅画大声地说着心中的想象。嫩江广场上，灯光通明，歌声悠扬。轮滑少年在人群中穿梭，老人移动舞步自信欢畅。

晚风徐来，她和杨锐漫步在嫩江江畔。不知多久没有这样惬意地散步了，连几朵云彩都变得无比浪漫和美妙。她有些动容，仿佛又想起和杨锐初识时的那些往事。

江水在滔滔地流淌，日夜不息地拍打着两岸，滋养着"大豆之乡"一代又一代的嫩江人民。嫩江，这座古为墨尔根古道驿站的戍边小城，常常能听到老人们讲起飞扬的尘土中和马蹄声下的传奇故事。

巧的是，杨锐属马。她是医生，他是警察，患者和受害人发出的求助就是他们集结的号角。她和他，都是怀揣着梦想，负重前行的马儿，时刻准备着以奔跑的姿势，投入下一场战斗。

嫩江广场旁，一台警车缓缓驶过，警灯闪耀着光芒，照亮了人们的笑脸，夕阳给她和杨锐勾勒出美丽的剪影。为了实践当初的诺言，她将和他并肩前行，彼此呵护着忠诚的灵魂，守望这块深情而平安的土地。

（原载《人民公安报》2017年9月4日）

黄草坝上峰成林

韩冬红

站在观峰台上看山，有打开窗户看自己院内假山、树木、花卉、亭榭楼台的惬意。锥形山峰似成千上万的仙人在雅聚，那些峰或交头接耳，或交臂拥抱，或孤零零做沉思状，抑或进入空灵的打坐状态。倘若坐在缓缓而行的电瓶车上，移动看山，又会滋生出另一种感觉。沉睡的青灰色的秀峰，刹那苏醒过来，它们时而似骏马、似雄狮，时而又幻化为冷兵器时代的三军将士，倦了、伤了、睡了、牺牲了还保持着挺拔的军姿，保持着整齐的队列。"嘿儿"、"吼"、"砰砰啪啪"，那一刻，万马嘶叫、雄狮咆哮和刀刃清脆的碰撞声交织在一起，声声入耳。眨眼间，声音消失，耳旁静得只有鸟的"啁啁"、"啾啾"、

"咕咕"和虫儿窸窸窣窣的爬行声。

难怪阅尽千山万水的徐霞客驻足万峰林前，写下诗句："天下山峰何其多，唯有此处峰成林"，又用"磅礴数千里，为西南奇胜"来概括绵延起伏数千里的万峰林。

《论语》曰：仁者乐山，智者乐水。意思是仁者喜欢山，因为山是静的，固定而不流动的，它表现的是一种坚定执着；智者喜欢水，是因为水是流动的，是可以转的。我不是仁者，也非智者，但仍旧喜山乐水。出生地一马平川，向往山的我时常爬到房顶上煞有其事地平视四周，一个从未见过的世界似乎出现在我眼前，金色黄耀的崖边菊、俊逸挺拔的迎客松和层层叠叠起伏无边的山脉，山腰上缠绕着丝丝缕缕虚无缥缈的岚。岂料，二八年华第一次见到山时，豁然发现，原来我属叶公好龙。入驻北京时是深得听不见任何喧嚣的夜，一头倒下，醒来见自己身处黑黝黝的大山怀抱，向往山、歌颂山的激情早已不见踪迹，那一刻是对山无限的恐惧，恐惧山突然迸裂，偏偏把我压在山下。之后多年，黑黝黝的怪石，犹如看不见头的魔，出现在我梦中。直至遇到雄性的万峰林，将魔驱逐出我的梦境。

我不得不说这里很神奇。万峰林怀抱中有万顷良田，它似被雕刻家干脆利落地刻上直线、斜线、弧线、曲线、圆线，而后再有工笔画家在正方形、长方形、圆形、菱形、弧形、三角形等图形内悬腕填上藤黄、新绿、酱紫，原本登不上大雅之堂的田地，瞬间上升为艺术品。尤其八卦田，真的叫人相信那是太上老君留在此地的镇妖之宝。令人称奇的是万峰林还有水。阳光下，一条名为纳灰河的小河，似玉带从北方缓缓而来，穿过田园，穿过静如处子的村庄，哼着小曲一路向南。听说，小河清澈见底，想吃鱼时，下鱼竿就有。

而关于唯独这里峰成林的传说有多种版本，我只记住了这一版本：不知是哪位神仙，手持赶山鞭，撵着万座山峰向海边行走，这位神仙贪恋南盘江美景，误了时辰，失去了法力，不得不把万座山峰放到这里。

说这里神奇毫无夸张之意。作为黔西南布依族苗族自治州首府的兴义市，地处云、桂、黔三省交界之处。兴义城旧称黄草坝，因盛产黄草（石斛）得名。早在万年前，这里就有远古人类的活动足迹，从春秋战国到秦汉隋唐，再到北宋南宋元朝，这里上演过许多腥风血雨，直到明初，景双鼎率领大军开进黄草坝，从此拉开了兴义文明史序幕。国人知道兴义甚少，是因为悠长的历史没有文字记载，没有文字记载的历史，与当下荒芜的土地没区别，所幸，出土的遗址、文物告诉了世人，曾经发生在这里的文明与野蛮。

当报告文学作家评论万峰林是从深宅里走出来示人的一群闺秀，风景名胜专家评委感叹兴义万峰林是天下峰林之一绝，《中国国家地理》杂志上夸奖地写下"整个万峰林以它世外人间般的田园风光，传递出云贵高原上的一声声最美的心跳"时，我最想说的是，当地应该感谢所处地理位置偏远和贫穷。那天我从邻县来兴义，在高速竟然走了一个多小时，如果在平原，这路程眨眼的工夫车就会驶出界限。兼有司机、导游、服务为一体的张磊兄弟说，过去从山顶慢慢下到山谷，再从山谷向另一座山的山顶爬，需要多半天；若去省厅开会，得提前一天动身。

我无法想象那份偏僻，偏僻是贫穷和落后的代名词。当年徐霞客为了探寻南盘江和北盘江的源流，游历了曲靖、寻甸、昆明、师宗、罗平等地后，渡过蜿蜒于滇黔两省连接处的界河——黄泥河，来到黄草坝。年过半百的他徒步而来，在这样艰苦的条件下，来过第二次，后一次因冒雨赶往黄草坝途中患病，只好投身一个叫"柳树"的小村落，借住在缺衣少粮的老农家中。老农烧柴为徐霞客烤干衣服，又为他熬姜汤、煮稀饭，感动的徐霞客在日记中写下：虽食无盐，卧无草，甚乐也。即使在距离徐霞客到达黄草坝340年后的20世纪80年代末期，少数民族家庭只有一条裤子的大有人在，一家人谁出门谁穿裤子。那时，整个贵州省的人均收入在全国末位，到2004年人均GDP不过22981.60元，仍然位列全国所有省市最末位。时至如今，黔地仍不富有，人均GDP为2.64万元，排名全国第30位，仅高于甘肃。

每逢黄金节假日,国内著名景点,哪一处不是人满为患?哪一处不是垃圾成山?如果万峰林不是躲在深闺刚刚面世,相信那里的植被,也一定不是眼前这般葱茏,取代娇艳无比花朵的,会是到处飞扬的彩色垃圾。如今,我在这里呼吸着未被雾霾污染过的空气,头顶着纯度极高的蓝天和白云,空旷、静寂,过了两个小时仙境长卷中的世外桃源生活,甚为欢喜。

"山这么多,每年有不少洪涝灾害吧?"心理学上有"言为心声"一说,在导游面前我果然露出"马脚"。看上去与我读大学的女儿年龄相差无几的导游,恬静略带羞怯的笑,让我轻易为她下了"资历不深"的结论。当她慢吞吞回答这里从来没有洪涝灾害时,我下意识考了她一把,问她为什么这里没灾害?像背诵数学公式那样,她背诵道,这是喀斯特地貌决定的,因为有很多漏斗,水大时都流入漏斗。如此简单的回答,自然不能满足我打破砂锅问到底的好奇之心,我手指一点问了百度,方知兴义地处黔西南州的南盘江畔,与云南省陆地相连。根据地质、文物考古和天文地理学家研究认定,早在距今大约3.6亿年前,兴义属于滇黔古海的一部分,到大约2.8亿年前的石炭纪开始形成陆地,后又经历燕山、印支、喜马拉雅等多次造山运动,地壳不断上升,出现山峰。

还有一段话是对我问山高、田低而没有洪涝灾害的破解:在经过烈日烧烤和雨水的冲刷后,含有二氧化碳和有机酸的物质不断侵蚀,使石灰岩的裂缝、孔隙不断加深,逐渐形成洼地、河流、溶洞、峰林、漏斗、天坑、峡谷、裂谷、天沟、地缝、石峰、石笋、龙潭、温泉、湖泊、地下河、落水洞、钟乳石、堆积岩等奇观。这种现象在南欧亚德里亚海岸的喀斯特高原最为典型,所以常把石灰岩地形笼统地称为喀斯特地貌,在我国主要分布在云南、广西、福建、广东、四川等地,但最有喀斯特地貌代表性的锥状峰丛峰林,全中国仅有兴义万峰林。

收起引擎,想起了先哲对老子《道德经》中"道"的诠释,我们能观察到的只是我们凡胎肉眼和有限的科技所能及之处,真实的世界可能远比我们想象的还要无限广袤。

我为自己的孤陋寡闻狡辩。多年来，习惯在家和单位两点一线中行走，与生活在井底的青蛙无二区别。而那些地理地质学家不同，五湖四海有什么地貌，哪里藏有奇山异石，世外桃源又分布在哪里，本应如数家珍。中国最早的地理学家——北魏时期的郦道元，为了写《水经注》，除查阅所有地图，研究大量的文史资料外，还跋山涉水去实地考察。时间过去1400多年，如今的地理学家并没因交通高度发达，脚步遍及960万平方公里的山水之间，内行人说出外行话，尴尬自然难免。20世纪90年代初期，黔西南州首府兴义市，带着万峰林和另外两个景点的录像带，到国务院有关部门做汇报和展示，为的是参加中国第三批国家级重点风景名胜区精选。那些专家无不为兴义有此风景奇观叫绝，他们称赞完"这是一幅放大的桂林山水，真可惜一直没人知道贵州竟有如此壮丽又远远超过桂林的峰林"，转身却怀疑兴义有抄袭桂林山水镜头的嫌疑，直到地理、旅游等一大批专家站在万峰林前，才确定其为真山、真水、真田无疑，如诗似画的万峰林从此登上国家级重点风景名胜榜。

　　我想给万峰林下个定义，如果梦里江南是薄、凉、淡的水彩画，那么万峰林则是浓墨重彩的工笔画，前者是小资情调，后者颇具唯美之风。我被眼前的风景所震撼，谁知当地警界一温文尔雅之人不以为然地说："这还不算美，最美要数油菜花开的阳春三月，成片的油菜花在蓝天白云下竞相开放，春风吹来，满目的金黄色泛起层层波澜，像为田园穿上了绸缎霓裳。再有金秋十月，水稻成熟，一片金黄，似是上苍撒了满地金粉，美得叫人怀疑尚未从昨夜狂欢的酒精中醒来，直至一缕青烟从白墙灰顶的人家升起。"

　　话音未落，我着实为不能在两个醉人季节踏上黔地而心生遗憾。转念一想，兴义市公安局向阳路派出所因公牺牲民警李来建，又何尝不是一座拔地而起的山峰呢？二十多个春去秋来，他甘愿匍匐下身子，视百姓为父母，帮助街头挑担子卖菜的叔叔阿姨，以至他牺牲的头一天，还调解了一起因散发小广告发生的纠纷、录入了走家入户采集而来的人口综合信息。他把大把大把的时间给了百姓，以至回家和妻子儿子在一起的时间很少。儿子吵吵了两年，要照一张全家福的愿望，硬是在李来建"倒下"前，没有实现。他不是职场官员，不是头顶各种荣誉光环的名人，可为他送行的长队透迤着似数条巨龙……

"韩老师，国庆节来啊，要不明年春天油菜花开的时候来。"看我痴迷万峰林，书香气十足的张磊兄弟再一次对我发出邀请。我何尝不希望像陶渊明那样自此身居深山，躲避嘈杂，淡泊功名呢？无奈，人在凡尘，且依靠五斗米养家糊口，必须折腰于滚滚红尘中，能做到的是把握当下，珍惜眼前的良辰美景。我从榕树枝条缝隙中拍摄峰林，白花花的阳光下，灰蒙蒙的。我只好继续寻找最佳拍摄角度，就在身体几乎贴在地面时，通过镜头我看见强光为田园亲手披上了一层淡灰色帷幔，透过朦朦胧胧的帷幔，村庄宛若黑白棋子，对弈在楚河两岸，却不见下棋之人。啪嗒，啪嗒，啪嗒，我快速按下按钮，如翠似玉的万峰林瞬间出现在几千里之外的亲人、友人面前，他们无一不惊叹：此景绝非人间有。

没想到我设计的对弈，真有传说。返程路上，朋友说很久以前布依族和苗族两兄弟，为了傍水而居，发生过争斗，苗族被布依族追赶至半山坡上，以猎鸟为生，而布依族则以食鱼为主，他们两民族曾一度井水不犯河水。如今，两民族通婚，已亲如一家。

（原载《人民文学》2017年第五届观音山杯美丽中国游记征文专号）

雪　夜

旷胡兰

　　夜空漆黑，寒风一阵阵在耳边呼啸。路边的高杆路灯惨淡地亮着。迷蒙的光晕中，雨线交织，雪子儿晶莹。除了来往的车辆，四周一片寂静。灯柱下，一个黄色身影，笔直地立着，衣服上的反光条反射出白亮白亮的光。细密的雨点夹着雪子儿簌簌落下，打在黄色身影上，发出"沙沙"的声响。

　　真冷啊！志远打了个寒战。这样的夜晚，谁不想窝在家里温暖着呢？只是，今天又轮到他夜间执勤。他已记不清这是第几次雪夜执勤了。今年的冬季，天气就像被人施了魔法似的，总是阴雨绵绵。这段时间，北方的冷空气南下，出现了超低温天气，据说是数十年一遇，雨雪不断，白天道路湿滑，夜间凝冻结冰。春节将至，路上车流人流明显增多了。让返乡人员"走得了，走得及时又安全"，是上上下下一致的目标和愿望。志远想起春运工作动员大会上，大队领导语气里的焦灼和深情。这些日子，民警加强了路面巡逻管控，几个重要路段，也增加了执勤点和春运服务点。除冰雪的工具，融雪用的工业盐，食品、药品，均准备齐全。"平平安安回家乡，红红火火过大年"，大队还在一些路口及加油站打上了这样的横幅。大伙儿憋足了劲儿，说，今年一定要打好这一场保安全保畅通的春运之仗。

志远抖了抖黄色雨衣上的雨水和雪子儿，又紧了紧里面的棉大衣。他稳稳地立着，尽管一双脚早已失去知觉。"儿子一定睡着了，妻子肯定躺在被窝里等我回家。"车流减少的空隙，志远想起了家中的妻儿，嘴角不禁往上扬了扬，感觉身上也暖和了许多。儿子聪明可爱，正读小学三年级，这几天放了寒假，白天一个人在家中看书写作业。妻子在附近一家银行上班，贤惠漂亮，只是工作也比较忙，儿子常常得不到好的照料，好在儿子自小懂事。对这一点，志远常常在愧疚的同时又暗暗地感到自豪。

一阵摩托车轮声传来，抬眼望去，车上似乎坐着两三个人，车身两侧挂着大包裹，正迎着寒风和雨雪向他驶来。志远看出车子的摇晃，他敏感地意识到摩托车的危险。车行至近前，志远不忘一个标准的敬礼。驾车人放慢速度，停了下来。"这么冷的天，这么晚的时间，还在赶路哇。"驾车人赶紧一边摸出证件递给志远，一边担心着受处罚。"我看你的包裹可能松了，你绑扎紧一些再赶路吧。"驾车人摸摸右侧包裹，"果然松了，难怪骑车时有点晃呢。谢谢你，警察同志。""一家人在外不容易，不过请注意，以后可千万不要这样了，载人又载货，这是很危险的。"志远一边说着，一边帮驾车人捆好包裹。

"叔叔再见！"清脆的童音，是摩托车上的男孩。"再见！注意安全！"志远朝他们挥挥手。摩托车朝着家的方向，轰鸣着消失在黑暗中。志远依旧立在路口，一双眼睛专注地看着路面和一辆辆来往的汽车。雨点和雪子儿落在他黄色的雨衣上，依旧发出"沙沙"

的声响。

远处，昏黄的路灯之下，几个交叉路口，也有黄色的身影，与志远一样，稳稳地立着，时而指挥着什么。

"小黄人！"大伙儿爱这样互相打趣。冬夜严寒，旅途漫漫。风雪中，这一个个"小黄人"站立的身影，便是归家人心中的一份希望和温暖。

（原载《人民公安报》2017年12月15日）

入药的藕节

申瑞瑾

我的家乡湖南溆浦产藕,当年买藕,只能整根整根买;而怀化市区不同,卖主会按买主的要求掰断一节节藕,再将两头的藕节削掉,净菜上秤。

南方一年四季都不缺藕似的。有一年年初,每隔一天我就得去一公里之外的迎丰市场,寻新鲜的藕节。

第一次去,我在藕摊前磨蹭了很久,最终鼓起勇气跟摊主说,能不能到您这儿找些藕节?老板看了我一眼,噢,你随意拿。我如获至宝地蹲下拾散落在地的藕节。只听他问,你找藕节干啥?入药。他不解,这个可入药?嗯。他递过来一个干净塑料袋,拿这个装吧。

我把藕节送到香洲路上的春和堂,那里每日熬着不同的中药,其中有一罐药,自那天起就等着我的藕节。郭医生告诉我,你这藕节可用两天。我赶忙讲,我每隔一天去捡一次。

要配新鲜藕节的药方,是时年八十多岁的老郭医生开的。之前,一直是小郭医生开。因为吃了一周药,病人只控制住了血尿,尿蛋白还是两个加号。小郭只得电话请教他远在黔城的爷爷。

那会儿得天天吃中药的,是我刚满十岁的跑儿。

跑儿七岁前甚少生病,从没进过医院。2002年暑假快结束时,他随我到市里探班,还参加了我同学老五的婚礼。跑儿在婚宴上大吃特吃基围虾,从我这桌吃到他父亲那桌。周日晚他随我回县,没见异常。周三我下班回家,我爸说,你看看怎么回事?跑儿这两天无精打采的,今天大腿上还出了血点。我"哦"了一声,被蚊子咬了?爸说,不知道啊,给抹了皮康霜,没见好转。你要不明天带医院看看?

那时我工作忙得翻跟斗。从孩子出生起,父母就帮我带孩子。我偶尔带孩子出去玩,人家总玩笑,你哪像个妈呀,完全像个阿姨。我也乐得清闲,孩子怎么大的都不知。

我问了下,你哪儿不舒服?孩子耷拉着脑袋,一身酸痛。

我忙给他爸打电话,跑儿一身酸痛,腿上有红点。他爸讲,可能是跟我去健身房玩累的?我问,要不我带他去县人民医院看看?他沉吟片刻,周末你带来,我们去三医院小龙那儿看看。

小龙是我们高中同学,市三医院的大夫。

挨到周五晚带跑儿去市里。周六一早,小龙帮挂号了一个西医门诊。医生一诊断,过敏性紫癜。我们闻所未闻。医生说,找不到过敏源,先弄点中药吃,观察两天。问,最坏的结果是什么?他答,要不肠子出血,要不变成紫癜性肾炎。

怎么突然得了过敏性紫癜?会不会是基围虾过敏?他那天吃了很多!他爸摇摇头,不会吧?他以前又不是没吃过。我说,难道是前一次我忙,你把跑儿带到怀化,天天带他吃盒饭,餐馆的油不好?他说,睡吧,别胡思乱想了。明早去看中医,我朋友峰的妈在怀仁坐诊。

次日一早去家附近的怀仁大药房。峰妈说，中药里配点犀牛角试试。

两天过去，犀牛角磨粉还没磨完，孩子不见好转。峰妈也急了，去医院做个尿蛋白检查吧。

就近去了市一医院，检查出来是紫癜性肾炎，尿蛋白两个加。才两天，就发展到紫癜性肾炎了！当即住院。主治大夫说，这病查不出过敏源，靠打激素。

一周后，孩子病愈。出院当天是他七岁生日。带他去影楼，拍出来的照片前所未有的胖乎乎。

医生嘱咐，孩子至少得休学一年。可二年一期最后一个月，他爸看到孩子恢复不错，便将他放至县三完小插班，让其姑母帮他补课。

二年二期，他转学到市三完小。我和姐都装修了新房，父母随姐住。

我和他爸像呵护玻璃人一样，不给他学习压力，不给他报特长班，定期带他去医院复查。他看起来完全康复了。我们逐渐放松警惕。孩子常赖在我姐家住，要跟外公外婆一起。

两年过去了。一个周日下午，爸急匆匆将跑儿送回，他脚上又起红点，会不会是老毛病？我和孩子爸慌了，急忙带去医院。尿蛋白三个加，血尿。

住回儿科。新的主治医师口气沉重：这回是肾炎复发，恐怕激素也无济于事，先治一周试试。我俩天天在医生值班室翻厚厚的医书，心慌意乱。一周后，尿蛋白两个加，血尿下不去。主治医师无可奈何：要不出院吧，找个老中医看看。

我联系了在省中医院工作的发小白莲。她说，这个年你别打算在家过了，做好陪儿子来住一个月院的准备吧！

没两天，姐姐的老同事紫烟打我电话：听你姐说跑儿得了肾炎？你去香州路的春和堂找找郭老医生，当年我女儿也是肾炎，住院没治好，别人介绍了郭老，他给治好的。

春和堂离我家不过百余米,以前常路过。病急乱投医,总比大过年的去省城住院好。

坐诊的是二十大几的年轻人。一位中年人忙前忙后在里间煎药。

我问,郭老医生呢?中年人道,我爸去黔城我弟家住去了,要过一阵子回来,我儿子现在坐诊,是他爷爷一手带出来的,省中医学院毕业。

原来他是郭老的儿子,大家都喊他郭医生。

一周后,跑儿的血尿控制了,尿蛋白还是两个加。郭医生说,不要紧,这周要换药方了,我儿子专门打电话找老爷子问诊。新方子要配新鲜藕节效果才好。

我着急了:我不可能天天买藕吃,到哪儿找藕节?他笑,怀化卖藕兴削掉藕节卖的,藕节一般不会马上扔,你去要,都肯给的。

我硬着头皮去迎丰市场寻藕节。等第二次、第三次去,卖藕的中年人每次都把藕节用塑料袋装着,一见我去就喊,藕节帮你捡好了。

吃了一周老爷子开的中药,跑儿的尿蛋白总算正常了。老爷子有一次回一医院女儿家小住,让孩子去把脉。药方每周在调整,藕节似乎没停过。一次孩子的病情有反复,我们还找车跑了趟黔城。老爷子帮跑儿把脉,宽了我们的心:无碍,再巩固一阵子,应该彻底好了。

这一巩固,差不多十个月。

多年后跑儿承认偷倒过药,实在喝怕了。说,我只倒过一两回药,知道药贵,妈妈找藕节也辛苦。

期间,我去南京晋督培训一个月,找藕节的任务由我母亲或我姐接棒。那年秋天,郭医生说,老爷子说药可以停了。

时隔十来年,我实在记不住到底捡了多久的藕节。

从第一次捡藕节起,我不再当甩手掌柜,蜕变成一个心细如发的母亲。

跑儿今年大学毕业,健康灿烂。他常说,妈,很多同学都羡慕我,有一个漂亮的作家妈妈,警察妈妈,最疼我的妈妈。

那天我回溆浦路过菜市场,看到一担新鲜的莲藕,不由自主地蹲下来买。卖藕的问我,你要哪节?我才知溆浦也兴一节节地卖了。看着他熟练地削下藕节,我想起当年捡藕节的事来。

春和堂仍在,我偶然进去串个门,我们送的锦旗还挂在墙上,里间终日飘荡着药香。问起郭老医生,郭医生告诉我,老爷子早几年病故了。我心下一凛,跑儿何其有幸啊!

我时常想起重复过 N 次的场景——我曾固定奔波在那一公里间,谦卑而虔诚地取走摊主早早备好的新鲜藕节。

(原载《法制日报》2017 年 8 月 27 日)

哭　娘

许　震

娘在重症监护室里坚持了九天之后，终于挺不住了，离开了她恋恋不舍的这个世界。

娘是二〇一六年正月初五早晨被推进重症监护室的。正月十四日五时五十三分，妹妹给我发来短信说，夜里三点半，娘的尿酸居高不下，医生要求咱把娘推出重症监护室！

推出监护室，就意味着大夫已经回天无力了。我的天空轰然倒塌。

娘是早上五点多被推出重症监护室的。她一被推出来，见到她的小女儿，一阵惊喜，嘴唇翕动着，总想对她说话。

医生告诉我小妹：千万不要和老人说话，不要让老人太激动，消耗了她过多的精力和体力，她就有可能会老在医院里或者回家的路上！老人不死在老家，是客死他乡，不吉利的。

妹妹听到医生的忠告后，眼巴巴地远远地望着娘，一句话也不敢说，眼泪顺着面颊向下淌，嘴唇咬出了血。

娘的最后两年是在大哥家的西屋里度过的，最后，她也老在了大哥家的西屋里。

娘卒于当天的十一时二十分。

我得知娘去世的消息后，就往老家赶，可是，当天西客站开往山东聊城最早的列车是十六时零七分的。我坐在候车室的座位上，泪水顺着下颌往衣服上滴。不少旅客看到我大过年的这个样子，围着我转一圈，然后掉头走开。

下午两点多，三哥打来电话，问我什么时间能赶回老家。我说，按列车时刻表应当是二十点多一点能回来。三哥又说：按村里的风俗，大哥说，第二天入殓妨害四邻。大哥已经把村里帮忙火化的人员请到家里了，你回来后可能见不到娘的尸首了。理解吧，咱娘反正已经走了！我木然。

坐在我一旁默默陪伴我的妻子一听这话，有些火了，说，你告诉他们，如果不让咱们看咱娘最后一面，咱们就不回去了！

我是北京的警察，休息时间出京都是要请假的，遇到战备执勤请假更加困难。从得知娘去世的消息，我就开始请假，从请假再到北京西客站买票，一直都是按最快的速度办理的。

我开始不停地给三哥打电话发短信，三哥不理我。大约半个小时之后，三哥给我回了电话，说，人已经被拉走了！

我的心碎了。

我再怎么努力，也没有赶上大哥安排给娘火化的速度！作为北京警察的我，只能眼看着娘被急急忙忙地推向了火葬场。不知道娘奔向天堂的那一瞬间，是否会回望一下人间，她最小的儿子正在北京的西客站泪流成河。

现在想来，这也许符合娘的心愿。娘的一生都在为儿女们做贡献，都在委曲求全，而到了最后，为了她大儿子四邻的一种可能是迷信的平安和幸福，打掉牙和血吞，忍着骨肉情怀和凌迟般的疼痛，匆匆地离开了人间。

一

娘神志清醒的时候，一直念念不忘她的这个最小的儿子。

二〇〇四年七月到二〇〇五年五月，娘住在我这里。当时，我在部队任教导员，一到下班时间，每当从马路上往我家窗口看的时候，都能看到娘站在窗口望着我。一次，我问娘，每次下班的时候，我都能看到您站在玻璃窗前往楼下看，您看什么呢？娘说，我看你呀，你一到快下班的时候，我就心慌，看到你平安回来，我心里才踏实。

我说，我都三十多了，有什么好担心的？再说，单位和家也就一墙之隔。娘说，你再大也是我的儿子，你走到哪里我都挂心。哪有娘不挂心自己孩子的？

儿行千里母担忧，我的娘我行半里她挂心。上初中的时候，我吃住在学校，学校距家有二十多里的路。一到星期六晚上，娘就在村口等，特别是冬天天短，我常常晚上八九点钟还行走在乡间的土路上。土路上，鬼火影影绰绰，跳来跳去，我身体后面常常跟随着莫名其妙的声音。这声音有自己听鬼故事听多了的想象，有草狼或者野狗的脚步声，还有响马林立在树木或者坟地周围的呼吸声。我曾经两三次遇到响马从路沟里一跃而起，拦住我的去路。他们见我是一个背着几本书、夹着放馒窝窝头包袱的瘦弱学生，先是踢我一脚，然后再从头到脚捏遍我的全身，有时能摸到五毛钱，有时连五毛钱也摸不到，最后再踢我一脚，骂我两句，就把我放行。上学路上的种种凶险，我从来没有和娘说过，但娘有一次从村人的口中得知响马劫道劫到我的事后，就问我有这回事吗？我说没有。不过，从我的眼神中，娘知道我在撒谎。那天她整整哭了一夜，第二天眼皮肿得像两只水铃铛。从此之后，娘在我放学回家时接得更远了，有时接出五六里地，直接接到柏油马路的路口。

我父亲是一九七九年去世的。父亲去世时，母亲大声号叫着哭泣道，你这样两手一撒走了，咱的这几个小孩怎么办呀？我兄妹七人，父亲去世时，只有大姐、大哥和二哥成了家，我和小妹刚上小学。作为一个农村家庭妇女，我的娘硬撑着让剩下的四个子女都成了家，而且亲手看大了一个外孙女和两个孙子。

一九八八年，我大姐有了第二个孩子，要接娘到城里帮她照看她的孩子。娘在答应姐姐之前，偷偷找我们当地最有名的算命先生算了一卦。娘是肿着眼睛去的，算命先生问她怎么回事，她就把自己心里的话说了。娘说，十个手指头，咬哪个哪个痛，俺大妮想让我到城里去帮她带孩子，自己的亲外孙女不能不看。但是，我给闺女看孩子去了，俺儿子现在在外地当兵，将来万一复员回家种地时，房子塌了，娘不在身边了，俺儿心里得多难受呀？算命先生说，那好办，你把你儿子的生辰八字说一下，如果将来你儿子能留在部队，当上军官，你就给你女儿看孩子去。如果将来他复员回家种地，你就再考虑考虑。娘怯懦地把我的生辰八字告诉了算命先生。算命先生先看看娘的手纹，又数起了自己拳头上的骨头节，然后慢条斯理地说，你儿子留在部队当军官没有问题。娘从内衣里掏出了二十元钱交给算命先生，笑了。

我知道娘帮我算命的事，已经到了一九九六年。当时，我在武警中队任副政治指导员。那一年，我的儿子降生，她来帮我照看孩子，住在了部队分给我的房子里。我问娘，你给我算命我能当军官的事，为什么不早告诉我？娘说，我告诉你早了，怕你不努力了。算命是没有办法的办法，求人不行，也只能求神了。万事不求人，求人低三等，自己做好了，比什么都强。

二

一踏上通往老家的列车，不知什么原因，我的眼泪戛然而止，心情异常沉重，大脑一片空白，呆看着光秃秃的田野和偶尔冒出几缕炊烟的村庄，像拉伸照相机的镜头一样，由远及近，再由近及远。列车上旅客稀少，在新春佳节里，人们都在各自家乡与自己的亲人团聚着，我却是奔向另一种团聚，一种撕肝裂肺的团聚，活着的我向正在飞向天堂的母亲告别。

妻子坐在我的对面，一路无泪的她，竟哗哗地落起泪来，泪水像鱼冒气泡一样，一颗颗地从她的下眼帘往外涌，一滴滴地滚落在我面前的桌子上，俨然去世的不是她的婆婆，而是比她婆婆更近的人，我岳父去世时，也没有见过她流那么多的泪。

我和妻子是一九九五年结婚的。妻子和我的婚礼办得比较简易，既不是中式婚礼，也不是西式婚礼，连老家的风俗也没有搞，说白了，就是两家聚在一起吃了一顿饭，一共定了两桌酒席。酒席结束后的第二天，妻子在我三哥的院子里，怯生生地第一次喊了我母亲一声"娘"！我的娘羞红了脸，像是自己刚出嫁似的，又似第一次被喊娘一样，然后，极不自然地解开自己的衣服，从里面掏出了皱皱巴巴的五元钱！说，你嫁给我五儿子受穷来了，我这个当娘的也就这些钱，你受委屈了。我的娘就是这样万事不求人，就是自己的儿女也不求，她从来没有给我哥姐们说过，等我结婚时，她要多少给她最小的儿媳妇点钱，挡挡面子。要是娘给哥姐说了，说不定哥姐多少要给她些钱的。后来，也就是我娘在帮我照顾儿子时，说，她知道我即将结婚的消息之后，在给大姐四哥看孩子的间隙里，偷偷地捡别人扔的饮料瓶。她不敢多捡，一般一次只捡两三个，怕传出去给哥姐丢人，然后找收购废品的卖掉。每捡一次能卖两三毛钱，两三个月后，挣了六块多。我的婚宴结束之后，她偷偷地到小卖部换了一张五元的。第二天，我妻子喊她娘时，她把带有体温的一毛毛攒的五元钱，郑重地交给了我的妻子。

一进我大哥居住的胡同，我的泪像六月的暴雨一样飞降下来，顺着面颊噼里啪啦地往下掉。在阵阵的哀乐声中，在暮色苍茫的天空中，在万家欢乐的正月十五的前夜，我铅块似的心情突然爆炸了，变成了号叫的声音和飞奔的泪雨。我看到了去年夏天一个多星期，搀扶着娘一步步挪动的影子；听到了一个月前，我来看娘时，娘抓着我的手，颤巍巍地把我送到大门口时的声音：你再来，你再来！哪里知道，我再来时，娘的音容笑貌变成了低沉的哀乐，娘的灵魂已经飘散到十米之外的高空，娘的身体和头颅已经变成了一堆白骨！

　　大哥的院子里简单地扎了一个灵棚，灵棚的前侧铺了些草。我跪在草上，朝着娘棺材的方向磕了三个响头。娘的棺材放在大哥家的北屋里，娘的骨灰放在棺材盖的骨灰盒里。哥嫂们一见我和妻子归来，就忙着招呼村人抬娘的棺材盖，给娘入殓。娘和爹这一辈子盖了不下十一间房子，让每个儿子都能分到两间房子，而他们死后就葬在这两三平方米的棺材里了！我跪着，始终跪着，即使挪动也是用两个膝盖走路。大嫂二嫂念叨着，把娘的骨灰一点点地撒到棺材里，成片的头盖骨放在上边，稍微成条的腿骨放在下边。她们不停地往棺材里撒些茶叶和蒜瓣，说，娘嘞，娘嘞，请您查查算算，我们万一给您摆错了，您别怪罪，您自己纠正下。

三

　　给娘入完殓后，近亲属们各自散去。正月十四日晚，我和大哥大嫂陪伴躺在棺材里的娘一夜，大嫂和我整整一夜没有合眼。这一夜，在给娘不断续香的同时，大嫂跟我讲起了去年冬天发生在娘身上的一些事。去年冬天有一段时间，娘神志恍惚，常说大哥家不是她的家，她的家在家东。

　　娘把自己的全部都给了儿女们，连一根草把都没有留给自己。娘住在谁家，谁家都应当是她的家，连这家的主人都是娘生的，都曾经是娘身体的一部分，有什么不可以住的。爹在世时，把他和娘建造的房子，十间分给了五个儿子，说剩下的一间房子，等他们将来年老之后，他们老两口住。可是，爹还没有等自己年老，只有五十多岁，就突发脑溢血和心肌梗塞去世了。娘的那间老房子在四哥分的宅子上，四哥把自己的宅子连同娘的房子一同卖给了二哥，二哥在给邻居帮忙盖屋上梁时，突发事故被砸成重伤，不久就去世了。所谓家东，就是在家以东，我家的祖坟就坐落在这个方向。我愕然。娘几个月前就知道自己即将离开人世？是娘确实说过这类话，还是大嫂在杜撰，我不敢考证。不过，我听娘说过，在我爹身上也发生过类似的事情。一九七九年的春天，健健康康的爹在给小麦施肥时，突然对娘说，小妮她娘，别看我今年在种麦时下了不少功夫，又施肥又浇水的，小麦今年长势也不错，我是吃不上新麦子了。果真，爹在那年麦子黄的时候，一天深夜，突发脑溢血和心肌梗塞，第二天天不亮，人就没了。但是，想想我与娘接触过的这些年，她说过的话和她做过的事，要是娘意识清醒，绝对不会说这类话的。爹去世后不久，她曾经对我说过，孩子还没有长大，谁死谁傻，反正阎王不派八抬大轿来抬我，我是不去的，我要亲眼看着我的孩子一个比一个有出息。在我神情不振、生活和工作遇到挫折时，娘曾经对我说过，孩子，你的身体是父母给的，你没有权力销毁它，你只有权力好好利用它。就在娘去世前的一个半月，我妻子告诉她多走走、多活动下对身体有好处，那天午饭后，就是在停放娘棺材的地方，她一下午走了十几圈。就在娘去世前九天，医生说她营养不良，让我们买些鱼虾肉之类含蛋白质高的食品给她吃，我妻子买了些肉、大虾和蛋白粉给她吃喝时，她一口气吃了四只大虾、两块红烧肉和一杯蛋白粉，一个劲儿地说温度正好，很香。娘对这个世界充满了留恋，充满了渴望，她还想活，想一直活下去，直到这个世界的尽头。

正月十五日晚，大嫂说，五兄弟，你昨天晚上陪了咱娘一夜，今天晚上你就睡觉吧，咱娘反正已经老了，你再哭再难受，她老人家也听不到看不到了。别价咱娘这事没有处理完，你再病倒了。我说，大嫂，没事，我没事，咱娘生了我，养了我，没有得我多少济，就最后这两晚上了，让我陪陪吧。大嫂又说，你陪可以，但不能再哭了，如果咱娘能被哭活，咱兄弟姐妹一起哭。说好了，今天晚上不用你了，让你的两个大侄子来续香，来陪灵。我说，娘是生我的娘，让我来陪她吧。大嫂又说，咱老家的风俗是只要不断香火就行，多一个人少一个人没有讲究。我没有说话，坐在大哥的床沿上，静等着第二天黎明的来临。这一晚上，二哥的大儿子和大哥的大儿子来了，二哥的大儿子给娘续了上半夜的香，大哥的大儿子给娘续了下半夜的香。我和四哥依假在大哥的床上睡着了。这一夜，我睡得异常香甜，似睡在夏日的树荫下，娘用芭蕉扇帮我不断地扇着风，驱赶着蚊虫；又如幼小的时候，自己躺在娘的臂弯里，娘哼着儿歌轻轻地晃动着；还像小时候冬日的夜晚，被娘揣在她宽大的棉裤裆里去小解……娘的温暖氤氲着我的全身。

　　正月十六日晚，上半夜大哥给娘续香，下半夜四哥和我帮娘续香。大哥离开后，我和四哥陪伴躺在棺材里的娘。面对着娘和娘的棺材，我们各自检讨了自己对不住娘的地方，不只是请求娘的饶恕，而更多的是寻求自己内心的宽慰。我说，在对待孝顺娘这个问题上，我是罪人，自己的这四十多年，在独立成家之后，特别是在娘生那场大病之前，我一心想着自己的事业，从没有想到家中有老娘需要赡养。当年在部队时，我一心只想着位子和领导的认可，学习为了工作，生活为了工作，一切都为了工作，没有天没有地，没有黑没有白，有时能记得领导的生日，而从没有问过娘的生日是哪一天，更没有给娘过过一次生日。从我儿子一出生，就是娘照看着，一天不离地看到他上幼儿园。那时以为自己是在养老，其实是娘在帮我照顾小。娘生了我，养了我，又帮我照看了我儿子，得有多少恩情需要报答！如果用现在人们最渴望拥有的钱来算账，那是多少钱呀！从部队转业到公安之后，我一直坚守着有工作干好工作，没有工作搞好创作，一心想证明自己不当官也不是一无是处的废物，也是响当当的男人，先后加入了全国公安作协、北京作协和全国作协，发表了一些作品，出版了一些书籍。但作为儿子，在娘的身上，我担当了多少呢？从聊城到济南，从济南再到北京，自己的位置一再变化，自己的职务也一再升迁，而我从没有想过生我的娘，已经从七十多岁到了八十多岁，七十不留宿，八十不留饭，我亲亲的娘已经成了耄耋老人，已经过了古稀之年。虽然，在娘回到大哥家养老之后，我三天两头打电话问候娘，想方设法请假来看望娘，给娘洗过澡搓过背，搀扶着娘在胡同里来回走过几次，也给过娘一些赡养费，但这些相对于娘对我的养育之恩，相对于娘对我的关爱，算得上什么？

娘啊娘，这一辈子，我仅仅全身心地陪了您三个晚上，而您却让我在您的肚子里蛰伏了十个月。生我时，我给了您扯心撕肝的疼痛；我不能吃饭时，吸吮您的乳汁；我刚长小牙时，您嚼碎了食物塞进我嘴里；我学走路时，您拉着我牙牙学语；父亲去世后，您成了我的天空和依靠。这一辈子，您为我吃过多少苦受过多少累，在我多少明白了一些事理后，准备全身心地照顾您的时候，您却悄无声息地走了，连个招呼都没有打。

我捶胸顿足，号啕大哭。

四

娘去世之后的一段时间里，眼泪成了我生活的主基调，我的情绪极其低落，走路时小心翼翼，生怕惊动了地下的魂灵，头发不到一个月就几乎全白了。一天下午，我写下了这样一首诗《哭娘》：

> 母亲老了
> 拖着沉重的身体
> 倒在了冬天的最深处
> 倒在了濒临春天的绝壁上
>
> 我每次打电话
> 她都说，不打针不喝药
> 身体好好的
> 不用我挂念
>
> 都说女人是水做的
> 她生的儿子也是这样吗
> 此后，我的泪水泛滥成河
> 眼角鼻翼面颊成了河道

我没有言语，只有哭泣
站着哭，坐着哭，躺着哭
白天哭，晚上还哭

春天里
我擎着满头白发
为我的母亲戴孝

（原载《美文》2017 年第 1 期）

历史裂缝中一把不寻常的火

李 佳

> 天保定尔,以莫不兴。
> 如山如阜,如岗如陵。
> 如川之方至,以莫不增。
> ——摘自《诗经·小雅·天保》

自武王伐纣、成王定邦、周公制礼,中华历史册页便翻到"周"。然而,就在这千秋万载的大业、威加四海的王道里,蓦地烧起一把火来,它不大不小,平凡无奇,却让历史车轮遽然卡进一条裂缝中。这把火,是烽火,点燃于西周末年。烽火举时,但见"鼓声如雷,火炮烛天"

作为烧出历史裂缝的一把火,它无疑是特立独行的:其一,它本非破坏之火,而是保护之火。在中国历史上,大凡朝代更迭、时局动荡的火,皆具破坏力,如商末的鹿台之火、秦末的阿房宫之火,等等。而烽火却是用来预警的,在那个通讯不畅的年代,烽火台置于显著处,如有外敌入侵,点燃烽火,擂起大鼓,狼烟直冲霄汉,数十里可见,所谓"夜举烽火,诸侯援兵必至"。

其二,它是取乐之火,并非暴戾之火。下令点火的是周幽王——西周最后一位王。为何点火?取悦女人。幽王专宠美人褒姒,然而褒姒却是一位"冷美人"。千金难买美人笑。为了让褒姒展颜,幽王想尽办法,却不得要领。后来貌石父献计,让他试试玩火。

这把火,真挺好玩儿的。烽火点燃后,"线内诸侯,疑镐京有变,一个个即时领兵点将,连夜赶至骊山,但闻楼阁管键之音。幽王与褒妃饮酒作乐,使人谢诸侯曰:'幸无外寇,不劳跋涉',诸侯面面相觑,卷旗而回。"这把不大不小的火,让崇礼尚乐、秩序井然的周,忙了个里出外进;美人褒姒也终于"抚掌大笑"。于是,如同死水一片的历史深渊,徒增了些许活色生香。绛唇微启,好美的一条缝隙。

然而,玩火者必自焚。幽王无寇而点烽火,打破了与诸侯之间的信约。其后不久,申侯引犬戎来犯,直捣王城,诸侯无一来援,王宫陷于火海,幽王被杀于骊山脚下。那条美丽的缝隙,吞噬了幽王,也吞噬了西周。

这是《东周列国志》里的故事,人们喜欢叫它"烽火戏诸侯"。这把火开启了东周时代,也堪称全书开端。回首这把火,少不了一个人的作用:褒姒。

褒姒是一个女人;确切地说,是妖女。历史上,但凡危害社稷、倾国倾城的女人,都是妖女。妺喜和妲己是狐妖;褒姒的身世则有些复杂,简言之吧,是婢女不慎沾上龙涎所怀,怀孕四十载后而诞。听起来怪玄乎的。然而,这个荒诞的故事能否取信于人,并不重要;重要的是,褒姒必须是妖,而且是坏妖。有了此妖,火才能烧起来。所以,虽然开篇笔墨不多,甚至"一笔千年",但对于褒姒的身世，作者是做了不少铺垫的。

因为，《东周列国志》的作者是冯梦龙。冯梦龙，字犹龙，明代文学家、戏剧家，他最著名的作品"三言"，中国古典文学爱好者定不陌生。《东周列国志》是他根据明代中叶余邵鱼编撰的《列国志传》改写，是一部描写春秋战国时期列国故事的长篇白话历史演义小说，其影响仅次于《三国演义》。因为作者是明代人，作品自然有明代烙印，不仅常见鬼怪玄虚，在亡国之君背后，也少不了妖魔化的女人。

从先秦至明清，女人都是男人的附庸；漂亮的，多半要沦为男人的玩物。男人一旦玩过了火、把家国赔进去，这女人就是红颜祸水。所以，夏亡是因为妹喜，商亡自少不了妲己，安史之乱是杨贵妃惹的祸，清军入关须算给陈圆圆……而终结西周的罪责，褒姒担定了。至于她究竟是怎样的人，有谁关心呢？她的存在，只是为了一把火。当烽火划破了历史长空，这个美丽女子的身与心也将化成灰烬。

讲述这段故事的《东周列国志》有如长空残屑，但在纷飞乱舞中，偶尔也洒落了几片残灰——

有美一人，长于草莽，豆蔻年华，不谙世事；王朝伟业，与其何干？君临天下，于其何喜？忽有一日，骨肉相离，忧思惊惧，无人在意；身为礼物，献与幽王，深宫高墙，孤苦无依，从此父母，天涯路人……褒姒的故事始于一场别离。纵然在冯梦龙笔下，穿过时光和文字的阻隔，依然可以感到这种无奈。

那个时代的女子，能有什么期盼？无非是丈夫之爱、子嗣之安康。非要乱政吗？非要巧设机心吗？也许，她更愿意跟爱人唱一段"风雨凄凄，鸡鸣喈喈"；或登上城楼，肆无忌惮地喊一句"纵我不往，子宁不来？"——如果，可以。否则，一个万千荣宠加身的女子，为何不笑呢？当犬戎来犯，烽火黯淡，诸侯无援，她也只能逃。骊山脚下，那一场杀戮，原本一无所有的女子，又失去了一切。

历史中的纷纷扰扰，能容几分真情？礼乐将崩，群雄将起，渺小如她，为之奈何？一切终将无爱，无恨，不喜，不伤，但随风雨飘摇。《东周列国志》里，一定有很多想说而未说的话。读历史，也是读人。在历史变迁中，人微不足道，但那些早已湮没的人，才是我们与历史间的血脉联结，也因此人的苦乐别具震撼力。所以，有些话，说与不说，又何妨？纵然在历史裂缝中，人有千般无奈，但那场火，还是留下很多东西。是灰烬，也是不朽。一部《东周列国志》，有荡气回肠，也有彻骨悲凉。

烽火呵，烧得更旺些吧！大时代，就要来了。

（原载《东方消防——法律与生活》2017年第11期）

从心底流淌出的诗

刘国震

《周六电话》是我17年前写的一首有关家庭生活的抒情诗,发表后即受到一些专家和读者的好评。直到今天,一些同志见到我时,对这首诗仍然记忆犹新,时常动情地谈及这首诗带给他们的感动与联想。有的女同志还告诉我,她每读一遍都会泪流满面。这使我常常陷入回忆,忆起那段军旅生涯,忆起催生了这首诗的难忘岁月与情感历程。

这首诗,我是写给女儿的。写这首诗时,她才三四岁。

那年,我和妻子仍过着"牛郎织女"的生活。我在几百里外的北京军区某部工作,军务繁忙。妻子在家乡县城的一所中学任教,教学任务也很繁重。除了每年一次的探亲假，我们难得有团聚的日子。

孩子出生后，妻说："给孩子取个名字吧，拿出你爬格子的劲头儿和才思来。"我说："取个好名字有时要比写一首诗更难，容我好好想想。"一日，睡梦中灵感忽至，我迫不及待地将妻子摇醒，兴奋地说："名字有了，叫刘遥——刘是流的谐音，遥的含义是时间和空间上的久远。万代流芳，福如东海，算是我们对孩子美好的寄托和祝福吧。"妻说："含义倒是不错，只是两个字容易有太多的重名，中间可再加一字。"加个啥字眼呢？沉吟良久，我们不约而同地提笔各自写了一个"梦"字。记得我曾写了一篇散文《女儿名叫刘梦遥》，发表在《燕赵都市报》和《河北政法报》等报刊。

"梦遥"这个名字赋予了"志存高远，梦想成真"的含义。名字有了，皆大欢喜，然而，抚育一个娇弱的小生命，可不是那么轻松和浪漫。假期未满，因惦记着工作，我便返回部队。不久，因工作需要，一纸调令将我调到一个条件艰苦而偏远的新建连队任政治指导员。得知消息，妻责怪我："起什么名字不行，偏偏选中一个'遥'字，真是不幸而言中，一走就是1500多里，对我们母女来说，你成了一个遥远的梦。"我回信说："生活因有梦而美丽。对于一个有高洁追求的人来说，坎坷乃至磨难往往正是一笔财富。"

女儿遥遥的降生带给我们难言的天伦之乐，却也让我们更多地品尝了生活的艰辛。我母亲年老多病，需要人照顾。孩子的姥姥要照管多病的姥爷和两个年幼的孙女上学，还有责任田里的庄稼。妻子所在学校距乡下的家有30多华里，又没有班车，两位老人平时都难得有精力帮助照看孩子。孩子太小时，把她间或放在姥姥或奶奶家喂养，妻子每天上完课，不管天多晚，都要骑自行车奔波数十里地，回家看看孩子。她经常在日记里或给我写信，记录那些难忘的日子："晚上，哼着那首优美的《妈妈的吻》哄女儿入睡，想到次日一早就要返回学校，真有些恋恋不舍，心中涌起一股难言的酸楚。有时，一觉醒来，天已放亮，望着熟睡中的女儿，亲一亲那粉嘟嘟的小脸蛋，忍痛匆匆离去，任泪水挥洒一路。赶上补课加班或坏天气，几天不能回家，只能在忐忑不安中默默祈祷孩子无病无灾，在孤苦寂寞中悄悄吞食思念的苦果。日子再艰难，总会有团聚的那一天。那是一个梦，一个支撑我艰难前行的遥远而美丽的梦……"

妻的每封来信，话题几乎全是女儿。她以这种方式，让我分担她的寂寞与艰辛，分享她的甜蜜与幸福："女儿乖巧、伶俐、嘴巴甜，悟性也好。我给她讲大老虎吃小毛驴卡了嗓子，她就给我做动作，指着喉咙，大张着嘴，做出很难受的样子，逗得我大笑，她也咯咯直笑。遥遥爱唱爱跳，对音乐很敏感，听到音乐，她就会赶忙伏下身子做舞蹈的准备。每跳完一曲，我使劲鼓掌，她躬身说'谢谢'。她爱弹琴，没琴，就做出空弹的动作，摇头晃脑，小肩膀一耸一耸，手指也很像那么回事。一次，遥遥睡着睡着就唱起来：'丢，丢呀，丢手绢，轻轻地放在小朋友的后边……'声音清晰而响亮，把我从睡梦中惊醒，一看，她依旧在睡梦中，小脸蛋上挂着甜甜的笑。我猜想，她准是做了一个快乐而美丽的梦。每当一觉醒来，她都会转动着小眼珠急切地寻找妈妈，看到妈妈守在身边，她会给我一个微笑。遥遥的笑，那样纯真，那样甜美，那样幸福，像春天的阳光那样灿烂，那样温暖，给我以生活的热情和勇气，伴随我度过孤寂冷清而又历尽坎坷的日日夜夜。"

在连队任职几年，我一直投身在部队的工作，没有因为家事而请过一次事假，连春节都是在连队与干部战士们一起度过的。妻子的来信，常常写到女儿如何想爸爸："遥遥总是搬出影集，对着你的照片一遍遍地喊爸爸，有时还亲一亲，然后冲我笑笑，有点不好意思的样子。经常随手拿起一件什么东西紧贴到耳朵上，当作电话，歪着头，一本正经的样子：'喂！爸爸，来！'有个烧饼，有个石榴，都不让别人吃，放在柜子里，说：'给爸爸的！'遥遥已过了几个生日，可每个生日你都不在身边，孩子是多么渴望爸爸妈妈一起为她过一个热闹而快乐的生日呀！有时，她一觉醒来，突然拉住我的手说：'找爸爸去，快给俺穿上花裙子，找爸爸去呀！'那准是她做了个梦，梦中见到爸爸了。我感谢梦，幸亏还有梦，使我们能经常相会。"女儿想爸爸，爸爸又何尝不思念女儿呢？我在基层连队任主官，常常是两眼一睁，忙到熄灯。但在上床熄灯之后，脑海里会不时浮现出她们母女的身影,心中陡增丝丝缕缕的牵挂和惆怅。有时,于梦中亲吻那可爱的小脸蛋,陶醉在初为人父的庄严和喜悦之中;有时,梦见女儿滚落床下摔得哇哇大哭,醒来仍惊悸得怦怦心跳,再难入睡……

那时,电话还没有走进普通人家,更没有手机。我的连队有电话,外线可以打入,却不能拨出去。后来,妻来信说,她们学校院内安装了插IC卡的公用电话,以方便全校师生使用。为了排解思念,互报平安,妻与我商定,每周通一次电话,时间就定在周六的晚上,因为当时有周六电话费半价的规定。妻子抱着女儿打电话,遥遥总是抢过话筒与我说话,还问我啥时回家给她买漂亮的玩具。记得有一次,我正在连部忙着写一份材料,通讯员急匆匆找到我,说是有家里打来的长途。我拿起话筒,是妻子的声音,说孩子要与你说话,我刚唤了一声"遥遥",话筒里传来的却是女儿哇哇大哭的声音,周围全是我的兵,我只能默默地抚摸着话筒,犹如抚摸着孩子可爱的小脸,无语凝噎……

生活孕育了诗篇,催生了诗情。不久,我一口气写下了《周六电话》这首诗,如实地记录下一段生活轨迹与心路历程——

  早早学打电话的
  一定是军人的孩子

  周六,话筒里传来一声"爸爸"
  妻子抱着女儿
  女儿抱着话筒

  隔山隔水,隔流逝的岁月
  梦中的女儿千里之遥
  可爱的小脸已渐模糊
  甜甜的声音依然清晰

买大汽车，布娃娃，电子琴
这诸多渴望你尽情倾诉
忽一日，电波送来的是你的哭声
我默然无语，抚摸着话筒……

周六，话筒里传来一声"爸爸"
对我是一种最美的声音
虽然边关未燃烽火
报平安的音信仍值万金

女儿每天都在喊爸爸
我只能在周六才听到一声
勤俭的妻子精打细算
那一声呼唤打了半价……

  这首诗最早发表在 2000 年 1 月 24 日《河北政法报》上，北京军区的《战友报》也刊发了。时任河北省作协《文论报》主编的著名诗人刘向东读了这首诗，当面对我说："这首诗你给了《诗刊》，也应该能发。"我 2002 年出版的诗集《凝思与歌唱》收入了这首诗，从诗集中可以查到这首诗的写作日期和地点：1999 年 11 月 26 日，山西运城。

  《周六电话》这首诗只有 6 节 21 行，不足 200 个字。但每一句诗，乃至每一个字，在我心中的分量，却异常沉重。因为，它不是用笔写的，而是从心中流淌而出的。

（原载《中国艺术报》2017 年 3 月 1 日）

蛛丝马迹中寻破绽

卢 娄

江南的六月，酷暑闷热。

下了班，吴蒙在食堂吃过晚饭就出门了。空气里热烘烘的，刚走了几步路，他的后背就被汗水浸湿了一片。沿街停了不少私家车，吴蒙走几步便捏捏手里的遥控钥匙，走一路按一路，可是丁点儿反应也没有，他抬腕看了看表，显得有些焦灼。

吴蒙是名年轻民警，毕业后在派出所工作还不到两年。一天凌晨他值班，有人报警说被打了，在西花园2村。吴蒙随即和同事一路小跑上了警车，往西花园2村疾驰。刚走到一半，又有人报警，说抓了个小偷，在西花园2村。

警情一个接一个，让人有点喘不过气来。等

赶到那里一瞧，吴蒙松了一口气，原来两个报警电话说的是一件事——第一个报警人姓徐，称自己被人打了；第二个报警人姓梅，说姓徐的是小偷，活该被打！

可哪有小偷自己打电话报警的呢？再一询问，吴蒙才知道了原委。原来这天凌晨，睡不着觉的梅先生在一楼的车库里喝茶，无意中发现家里的室外监控探头监视器里，有个人影鬼鬼祟祟的，只见那人左顾右盼，看四下无人，悄悄走到一辆私家车边上，拉起了车门！联想到最近老听说小区里有人放在车里的东西丢了，梅先生估摸着这人是小偷，便跑出去一把扭住了对方。那人自称姓徐，说自己只是路过，被人当贼打了一顿，真是冤枉。梅先生家的摄像探头没有储存功能，而徐某身上也没有发现可疑的物品。

没有证据，怎么办？"请你先配合我们回派出所调查吧。"吴蒙将徐某先请进派出所，以争取时间作进一步调查。徐某倒也淡定，一脸轻松的样子，跟着警车回了派出所。

回到派出所，吴蒙立刻上网查询，发现徐某有拉车门盗窃的前科，2012年曾因盗窃被判处有期徒刑三年半。因为没有抓到现行，也没有任何证据指向徐某实施拉车门盗窃，传唤时间一到，就得放人。吴蒙不敢松懈，通过信息研判，他发现徐某名下的一辆车当天凌晨曾出现在西花园附近，后消失。一提到车，徐某就支支吾吾起来。

这里面显然有鬼！吴蒙决定从找车寻找突破口。可西花园路口附近有多个小区，居民多，楼道复杂，查找难度不小。找！哪怕是翻个底朝天，也要把车找到！主意已定，吴蒙将相关信息汇报所领导后，和同事分头开始了找车行动。可说来容易，做起来难，眼看着24小时的传唤时间就要过去了，却毫无进展，吴蒙心里很是着急。下了班，吴蒙顾不上回家，又急匆匆地出门找车去了。

他先是沿街寻找，接着又进了西花园2村一栋栋地找。功夫不负有心人，21时许，吴蒙终于在离事发地100米外的一栋居民楼下找到了徐某的车。打开汽车后备厢一看，只见里面放了七部手机、两台笔记本电脑，还有相机、手表、包等物品。面对这些物品，徐某狡辩称，东西是自己收来的二手货。这时，徐某使用的一部手机引起了吴蒙的注意。经过细致检查，吴蒙发现手机上有个尾号为5351的本机号码不是徐某的，有戏！吴蒙拨通了这个号码，对方说一个星期前自己的手机被偷，只好重买了手机补了卡。证据终于被成功锁定！

原来，出狱后的徐某游手好闲，平时上网、交女友都要花钱，便想找夜间小区内或路边无人看守的车辆弄点钱。主意打定后，徐某开着车在宜兴城区走街串巷，选择停车位置是监控死角的车辆实施拉车门盗窃，先后作案十余起，涉案金额三万余元。

忙碌了近一个月，吴蒙终于将一卷厚厚的卷宗送进了市检察院，犯罪嫌疑人徐某因涉嫌盗窃罪被移送检察院起诉。在蛛丝马迹中与犯罪分子过招，不冤枉一个好人，也不放过一名嫌疑人，这也是年轻民警吴蒙的心愿。

（原载《人民公安报》2017年9月14日）

生死泅渡

夏晓露

> 信仰就是所希望的事物的本质，也是未见的事物的证据。希望是一种对未来光荣的预期，此种光荣生于神恩和在先的功德。仁爱是深深埋藏在心里的，一个人要是明白善之为善，善就会煽动爱，愈有德者愈甚。
>
> ——但丁

林云他们交火后双方的子弹数比例是 2∶26。

这是一组生死时速的数字，是弱与强的对峙，是决战胜败的命脉。2 发子弹是警察一方的数字，对于林云他们来说，就是命悬一线的致命较量。26 发子弹是罪犯剩在弹匣内的。如果 26 发子弹上了枪膛，就是 26 道地狱的令牌。

当我读到白俄罗斯作家斯韦特兰娜·亚历山德罗夫娜·阿列克谢耶维奇的《谁第一个开枪，谁就能活下来》文章时，很显然这是写关于生死的文字，记录了阿富汗战争中苏联军官、士兵对战争细节的真实还原，这是一场死亡之旅。而我写上面的那些子弹，无疑生死之战离我们更近。

"子弹射进人体时，你可以听得见，如同轻轻的击水声。这声音你忘不掉，也不会和任何别的声音混淆。"阿列克谢耶维奇写道。也就是说这种死亡是在尖硬与柔软的物理动能中完成的。枪给了飞行的子弹速度，在出膛时产生动能，而这种动能发出的声音是特别的，像有人敲击地狱之门。

中了三枪的林云活了下来，但他不是第一个开枪的。

如果用这样的语言描述：

一颗子弹出膛，以罪恶的咒语穿越胸膛、穿越飞溅的血液、穿越灭绝的人性。

一颗子弹飞行，以血写的正义放射坚挺的意志、放射死亡的焰火、放射绚烂的生命之光。

它们是意义截然不同的射击，毋庸讳言，是正义与罪恶。当我得知林云的故事时，惊异于他面对死亡时的冷静。

1

林云听到子弹高速飞行产生的激波，像鞭子划过空气的声音，然后尖啸地穿梭，瞬间身体像被水击打一样闪过剧痛，从手臂到肚子，一种死亡的侵彻力正向全身蔓延。

痛，以一种不可思议的速度开始弥漫，如一条火舌马上就要燃烧到大脑，他用力高喊，并不知道自己的喊声是那么清楚、庄严、坚定、辽阔，带着藏羚羊似的嘶叫，在"空旷的原野"中仰天颤动："小心，有枪！我中枪了……"突然又是一次尖锐的穿梭，腹部再度被打中。他的耳边传来子弹纷乱的尖叫和战友的怒吼，意识陷入浓雾一样的黑暗之中。他用左手捂住肚子上的枪眼，血从指缝无声地流淌在长长的阶梯上，像举行盛典铺展的红地毯，艳得触目。

他看到一道红光闪过，在眼前像火的波浪一般模糊，呼吸急促，光在远方扩大。他感到一股热流顺流而下一直到达腹部并充盈全身。他看到，蓝天下妻子穿着天蓝色连衣裙，娇美的脸像白云在飘动。他张开双手去拥抱，挣扎着睁开眼睛，大脑开始恢复意识。他听到自己呼吸的声音，战友们看到他奇迹般地醒来，右手正牢牢地举起枪。他要用好生命中残存的几分钟，配合战友对匪徒进行阻击，他左手捂着腹部上的枪眼，右手又一次扣动扳机。

此时，他眼前的白光又开始扩大，四周有星星在闪闪发光，似乎看到茂密的森林，看到森林上空的蓝天，耳边听到飞鸟的叫声银铃般穿过，他的意识在闪回：

2014年9月16日。阳光正好。

他看到自己和战友匆匆穿行在老城南田路昆仑一街。路很窄很崎岖，两边的房屋像山峰错落林立。他用巡警训练有素的目光扫射前后左右。路越来越窄，"山谷"开始越来越挤，挤成了茂密的"石森林"，之间只留下一条条喘气的缝隙，散发出旧城特有的气味，偶尔还窜出腐烂腥臊的海鲜、河涌和杂物的混合味。微风拂面，初秋了，南方的天还很热，今天还有些闷。他穿得过多，汗水开始顺着脸颊往下流。他用手往外扯了扯蓝色衬衣内的防弹衣，想让风吹一口进去，凉快凉快。

中午1点多，街道车水马龙。旁边水果店、便利店、开锁店、宠物店、肉菜市场传来此起彼伏的叫卖声、音乐声，让"石森林"有了生命的气息。林云看到那些商铺门前有老人们在喝茶闲聊，一些小孩子在玩滑板，两三条黄毛白毛的狗在孩子旁边打圈，偶尔汪汪地吠叫两声。

他们来到18号一栋居民楼前，锈迹斑驳的防盗门像远古的鸟笼紧锁。因是中午休息时间，里面黑黑的楼道没有人进出。他们就分散着隐蔽，或蹲或站等待居民进出。

与此同时，在荔湾区芳村大道与明心路交界处一个不起眼的拐角处，有一间"辉记开锁铺"，黄底红字在正午的阳光下显得特别耀眼。店主谭飞龙技艺精进，在广州开锁业内赫赫有名，人称锁王，外号"开锁辉"。大约下午 3 时，他手机响了，电话内却传来荔湾公安分局朋友的电话，让他帮忙开锁。他曾多次协助广州警方开了很多锁，与一些"阿 sir"都熟成朋友了。他立即踩着电动单车赶往南田路昆仑一街。

他自己也不知道，这是最后一次，最后一次开锁。

紧锁的铁门开了。他们要到楼里找谁？什么人让林云他们如此上心？当今天我再看这栋又旧又脏的楼时，一种莫名而复杂的思绪产生，那些场景与鲜血与生与死，还有火红的火焰与弥漫的蓝色硝烟与子弹"轻轻的击水声"都浮现这里，似乎"藏羚羊"的长啸又响彻在这栋居民楼中，它因此而有了一个特殊的身份，划上历史的一笔，成为羊城人心中带血的刻痕。

是的，里面是一个毒贩头目的藏匿的"天堂"，是一位民间勇士修炼生命的道场，是一名警察的生死窄门。

之前，林云和办案民警在天河区员村四横路 121 号查获了一批制毒工具，收缴冰毒 3300 克，并循线深挖出毒犯头目黄某文（绰号"捞哥"）在海珠区有一个大型制毒工场的重大线索。林云的意识流动着。

林云见赶来开锁的谭飞龙一身大汗，便说："谢谢啦兄弟，你先回去吧，这里危险。"谭飞龙笑着说："等会儿吧，也许还有用得着我的地方。让我去帮你们看看门和锁的类型，给你们点建议吧。"不等说完，他就转身跟林云上楼。林云看到谭飞龙不顾危险跟着荷枪实弹的他们，心里涌入暖流。

"这里危险，你把这个穿上！"林云来不及多想，毅然脱下防弹衣，不由分说套在谭飞龙身上，并帮他扣紧。此时，林云怎么想的？谁也不知道，而这个举动让一旁的战友着实捏了一把汗。他们清楚，子弹是不长眼的，死亡来临如秒针落地迅速无声。

林云却感到身体轻松凉快许多。当然，穿上防弹衣为生命增加了一份安全砝码。可面对未知的危险和凶恶的匪徒，林云能做的，就是将防弹衣义无反顾地让给协助工作的"锁王",这是爱与职责。

如果你能停顿一下,移动目光,就会发现这个楼道光线比较暗,楼梯也很窄。在这样的地方如果发生枪战,很难找到掩体,没有树木、围墙、篱笆,只有民警的肉身。也就是说,生死对垒,黑白秒杀悬于峭壁之巅,"谁第一个开枪,谁就能活下来"的真理正在进行现实版演绎。

显而易见,毒犯在暗处,警察完全暴露在"峭壁"。唯一能观察到毒犯动静的,只有二楼楼梯的转角。"进可攻、退可守",多年的刑侦经验告诉林云,二楼的楼梯口其实就是成败的要道。他分析,这个卡口,既可以配合战友抓捕案犯,也可以防止案犯外逃,保护楼外无辜群众。从战术角度看,这是一个攻防两端的最佳结合点。稳住了二楼楼梯口,便掌握了这场战斗的"制高点"和主动权。但,由于方位相对宽敞,也最容易暴露,风险也最大。

子弹的目标是明确的,与毒犯一样是亡命之徒。"二楼,让我去吧!"这位英勇的年轻民警干脆利落地请缨。

2

他长得清瘦斯文。皮肤微黑,剑眉小眼,目光闪出一簇簇光,有些像弦上之箭。从外形找不到高大英武,却从内里感受到一种凌厉的锋芒。而脱下防弹衣给"锁王"的潇洒举动,也有些"大风起兮云飞扬……安得猛士兮守四方"的气势与胆略。

我们常常不由自主地把责任这一概念同士兵的职责相联系。顺着我跳跃的思维先来感受"责任"的低微与宏大的品格。1800多年前,庞贝古城附近的维苏威火山突然爆发,庞贝古城被火山灰彻底埋葬。而古城中一位履职的士兵却仍然坚守岗位,因为那是他的责任。他因吸入火山灰中过多的硫化气体从而窒息而死,身体化成灰尘,但他的精神永存于人类的记忆之中。在巴尔波尼可博物馆中,还珍藏有这位士兵曾用过的头盔、长矛和胸铠。于此,责任往往同生命对等,它会上升为灵魂的信仰。

回到警察的责任，誓言之魂："忠于党、忠于人民……恪尽职守，不怕牺牲……"用诗的语言即"朗朗乾坤来，恳恳尽其忠"。警魂在林云身上附体。

夜色渐露。现实场景：18时13分，"砰——砰——砰"，三声清脆的枪响划破天空的宁静。位于林云不远处的201房铁门从内往外被推开一条缝，穷凶极恶的毒犯"捞哥"手持"格洛克"手枪突然从门内向林云所在的位置连续射击，企图夺路而逃。一切来得太突然。电光火石之间，林云下意识用身体堵向匪徒射击的房门口，子弹向他飞来。他用力往后推了一把谭飞龙：

"快，快撤离。"

是的，林云清楚地近距离地听到了身体的"击水声"。

这时，在后面做警戒的麦卫文副大队长看到林云遭枪击突袭，猛地从警戒的楼梯转角位冲出，一把拉过林云，两人一起滚落楼梯，并迅速找到掩体。歹徒冲出门外，对着正往三楼奔跑的谭飞龙猛开数枪，谭飞龙躲闪不及，凶猛的子弹狂暴地发出兽性的尖叫，射穿防弹衣，谭飞龙倒在了丧心病狂的匪徒的枪口之下。人们眼前划过一道弧光，流星陨落。

火光、枪声、硝烟、血液在我的大脑飞速旋转，我想到许多电影场景，从《拯救大兵瑞恩》中的米勒上尉、《第一滴血》中的越战老兵兰博、《拆弹部队》中的上士威廉姆斯·詹姆斯等到《超凡蜘蛛侠》、《X战警》、《生死狙击》等，虚构的人物刷爆我的记忆力，虚幻与现实交叉的英雄固有模式风暴般扑打我的胸腔。

3

傍晚时分，天气渐变，外面刮起了大风。

这是一天中最热闹的时分。正值下班高峰期，街上，下班回家的、接小孩的、买菜的，人流如织。

楼内，激战一直在持续。生与死在进行着拉锯战。

杀红眼的"捞哥"没有就此罢休，一边射击一边朝三楼逃窜，并对着一楼的麦卫文和林云狂开六枪，企图从楼梯冲出楼外逃窜。

林云的大脑内只有"射击"二字，像上了发条的发动机没有商量的空间和时间，一切按照子弹的运程来进行，他听到内心的声音。

"无论我怎么聚精会神，我都只能听见声音，没有面孔的声音。声音时隐时现，好像我还来得及想道：我要死了。这时，我睁开了眼睛……"

"绝不能让歹徒冲出马路！"林云忍着剧痛，与麦卫文对匪徒进行阻击。麦卫文没有片刻犹豫，对准歹徒连开三枪，两枪命中。

此时，林云的身体像被云层包裹，他说，我很累，可以好好休息一下啦，他昏迷过去。

林云与谭飞龙被送往医院。

医院急救室。林云的妻子龚惠萍和谭飞龙的妻子卢灵、女儿谭琼三个女人在等待命运的安排。

医生宣布："谭飞龙抢救无效，已死亡。"卢灵的双脚一下子失去支撑，瘫软在地上。灵魂像在梦中飞翔起来，她在找丈夫谭飞龙。

恐惧袭击龚惠萍的全身。有时自己死亡时感觉不到死亡的恐惧，恐惧往往是眼睁睁看到死亡的逼近而无能为力。她的心是空的，大脑是空的，整个身躯是空的，全身发抖。

室外大雨滂沱。卢灵她们母女的哭声在医院走廊回荡。龚惠萍的泪水在无声地流着，浸湿了蓝色的裙。

煎熬的七个多小时过去。

黎明，雨过天晴。

经过抢救，林云失去血色的脸上迎来了第一缕朝霞，那一日羊城的天空异常的蓝，纤云不染。

尾声

歹徒被击毙后，经过民警现场清点，发现凶匪黄某文持的是

"格洛克"手枪,他早已做好了与民警同归于尽的极端准备。他准备了两个弹夹,一个装弹 37 发,另一个装弹 11 发,除去与民警交火时射出的 22 发子弹,他的弹夹里足足还有子弹 26 发。而交火后的林云和麦卫文总共只剩两发子弹。

我们来看看"格洛克"手枪,这是奥地利制手枪,世界名枪之一,凶匪"捞哥"使用了"鲁格"9mm 子弹,是现在全世界最广泛被使用的手枪弹种;口径大,火力威猛,可连发,主要用于装备军警。事后,警方还发现,毒犯还使用了钢芯子弹,穿透力极强。穿了防弹衣的谭飞龙即就此中弹身亡的。

警方用倒数的三颗子弹击毙顽匪,送他去了地狱。

硝烟弥漫在老旧的昆仑一街,正义从刚烈的枪膛演奏着一曲悲怆的命运与英雄交响,柔软着群众的泪。

林云,谐音:凌云。让我想到一个词:壮志凌云。

谭飞龙,我们看到一条龙正飞越天堂。

此刻,我仿佛听到但丁神曲在苍穹回响:"我从那最神圣的水波回来,我已再生,像新树再生了新叶,我已清净而准备上升于群星。"

——林云,2015 年被公安部评为"全国公安系统二级英雄模范"。广州市公安局荔湾区分局冲口派出所三级警长,二级警督,1973 年 12 月出生,中共党员,1995 年至 2009 年在分局巡警大队工作,2009 年 4 月至今在冲口派出所工作,先后获市局嘉奖三次。

——谭飞龙,1961 年 4 月生,广东顺德人,生前为广州市荔湾区芳村一家五金店的老板。荣获"中国好人"、"感动广东十大人物"、"广东好人"等荣誉称号。2015 年 10 月 25 日,第五届广东省道德模范评选,获"见义勇为模范"称号。

(原载《南方法治报》2017 年 3 月 15 日)

带着《边城》游边城

程 华

说到边城,怎能不说沈从文,不说奠定其文坛地位的《边城》?

可以这样说,是《边城》成就了边城。对于20世纪30年代那个远离尘嚣,充满田园风情的湘西小镇,我是看书看到一半,便萌发了"一定要去看看"的念想。可惜琐事缠身,书搁置了,边城,也一直未能成行。但人未到心已至,跃跃欲试,心向往之。

这一切,均缘于沈氏笔下那山水画卷般的边城风貌:"由四川过湖南去,靠东有一条官路。这官路将近湘西边境到了一个名为'茶峒'的小山城。"那小城里,"溪流如弓背,山路如弓弦",青山翠竹,清流荡漾,船歌嘹亮,竹管清回,一派田园牧歌式的朦胧缥缈意境。

随作者淡淡的叙述,许多人走进了茶峒:老船工、船总顺顺、大老天保、二老傩送……他们繁衍生息生老病死,他们重义轻利安信自约,他们是那个年代暂且游离于民族苦难之外却又无法摆脱天地宿命的一群小人物。故事徐徐展开,故事的焦点,是少女翠翠。

翠翠是《边城》里的标志性人物,就如她自幼居住成长的小屋,以及旁边那条日夜静流的清溪,还有溪畔的白塔。

翠翠是孤儿,自幼与年过七十的船工爷爷相依为命。除了爷爷和一只小黄狗,还有日复一日坐船过河的镇里老少,翠翠的生活单纯、锁闭,并无他人他物他想。

喜欢这样的女孩儿:"在风日里长养着,把皮肤变得黑黑的,触目为青山绿水,一对眸子清明如水晶。自然既长养她且教育她,为人天真活泼,处处俨然如一只小兽物。"这样的美,也许并不符合现代女性拥趸的所谓"冰肌雪肤"之美,然那清透如水的明眸,活泛灵动的姿态,却是青山绿树般毫无矫饰令人无法拒绝。于是顺顺家的儿子:天保傩送这两个当地"钻石王老五",都无法遏制地爱上了精灵般天真洁净又略带了一点点泼辣执拗的她。

看到这里,书就被迫搁下了。一年后,居然领到一个去秀山的差事,于是决定偷空去边城转转。带着《边城》游边城,多么令人雀跃的好事!

早上,从重庆出发驱车 400 多公里,下午 5 点到达与茶峒隔岸相对的洪安。暮春的阳光,温柔中已略显亮烈。站在洪安码头遥望对面的茶峒,西斜的光辉映得水面波光粼粼,那水面的小船、水边的吊脚楼也沐浴在一片梦幻般的暖金色里。

只花一块钱,"拉拉渡"就载我们到了茶峒。根据书中描绘,翠翠的爷爷无偿送人渡河的渡口,应该不是这个。那么这只船,当然就不是爷爷的那只船。那篾缆也变成了脚趾粗的钢索。不过淳朴的拉船人"引手攀援那条绳索,慢慢地牵船过对岸去"的姿势,却与书中并无二致。忽地就想起了书中对摆渡送傩送过河的翠翠的描绘:她发现傩送正盯着自己看,"便把脸背过去,不声不响,抿着嘴儿，很自负地拉着那条横缆"。情窦初开的乡间小女儿特有的腼腆娇羞被刻画得入木三分，让人想想就忍俊不禁呢。

到了对岸，找一艘乌篷船沿河下行，天将擦黑时，我们看到了翠翠和爷爷的"拉拉渡"。渡船还在，白塔依旧，只是不见了爷爷、翠翠和小黄狗。塔身上灯光已亮起，在浅浅暮色中兀自静立。

是夜，在小镇略带凉意的月光下捧着《边城》，静静地读完了。翠翠的孤独，缘于自幼父母的离去。更深的孤独，来自于后天的命运。她原本平静如水的心里，闯入了傩送的影子。而傩送，更早间就爱上了天真清纯的她。然天不遂人愿，傩送的哥哥天保也爱翠翠，哥俩决定以各自的方式向心上人求爱，傩送选择了苗人的方式：以歌传情。

求爱受挫的天保驾油船下辰州，不幸葬身险滩旋涡。船总顺顺认为"翠翠间接害死天保"，无法再接受翠翠做儿媳妇。傩送在亲情的逼迫和对翠翠说不清的怨艾下离乡远走。而爷爷，怀着对顺顺的失望与对翠翠的深深愧疚，在雷电之夜溘然长逝。塔也没了。当地人认为，塔与风水有关，塔塌了，不重新做一个自然不成。于是"城中营管、税局以及各商号平民百姓以及各大寨子都捐了钱"，到冬天，白塔又矗立起来了。

而戴着白头绳的翠翠，从失去爷爷的悲痛中振作起来，带着小黄狗，依旧为客人撑着渡船。孤零零的她，婉拒了顺顺让她住去他家的邀请，"以为名分既不定妥，到一个生人家里去也不大方便，还是不如在碧溪岨等，等到二老回来时，再看二老意思，说不定二老要来碧溪岨驾渡船"。她一边守着渡船，一边苦等傩送归来。这个15岁少女的坚强坚贞，令人唏嘘感喟。

茶峒人在一个河心小岛上，为他们心中的翠翠竖起了一尊塑像，小岛也命名为"翠翠岛"。而那个在月下深情放歌，令翠翠"在睡梦中为这歌声把灵魂轻轻浮起"的傩送，直到如今也没有回来。

抱残守缺，历来就不是一个具有褒扬鼓励意味的成语。在一些奉行"精致的利己主义"的现代人看来，翠翠的爱情，还未开始就已结束，那甚至根本就说不上是爱情。她没理由为一段仅处于萌芽状态的朦胧情感，为一个也许永远不可能回来的人去孤独等待，去寂寞坚守。她痴，她傻。她的付出，全无回报，自然没有价值与意义。

这样的"抱残守缺"，真的没有意义吗？

有。如沈从文所叹：美，总是愁人的。城镇在历史画卷中不断摧毁又新建，人类在时光长河中不断凋零与新生。我们，宁可坚守干净的残缺，也不要污浊的所谓"完美"。在这物欲横流的浮躁时代，这一切皆可待价而沽的繁华世界，唯有守住自己，守住内心最后的净土，我们才可能活得清明，活得澄净，活得不失尊严。如翠翠，凭一份执着与念想，让每天活出价值，待到繁华落尽，纵使万木凋残美丽不再，一生也了无遗憾。

于是，我们望着翠翠，翠翠望着远方；我们离开了，翠翠依然在守望。不，我们不会离开，也不能离开的，翠翠，你已走近，且驻进我们的内心了，与那山那水那船那执念一起，永远不会远去，不会淡去。

永远不会。

(原载《贵州民族报》2017年10月7日)

纸上月光照亮从警之路

朱红梅

细细想来,第一次真正接触文学作品,是十岁时去镇上走亲戚。大人们在一起聊着家长里短,我趴在沙发上,仰望着那一书架的书。我一本本拿来,如饥似渴地读着。

临走时,我还站在书架前,眼睛来回逡巡。表叔问我,是不是想要这些书?我怯怯地点头。最后,我如愿以偿,捧回了一大摞书。

于是,在连环画、《小溪流》、《故事会》以外,我得以阅读到《十月》、《收获》、《红楼梦》、《书剑恩仇录》、《薛刚反唐》等。

在那个小山村,我坐在树荫下,翻来覆去看这些书。阳光,从枝叶间洒落。正像童话《绿野仙踪》一样,一场不期而至的龙卷风,将小女孩多萝茜刮到了另一个国度,开始了奇幻的旅行。那里的一切都是她闻所未闻、见所未见的。没错,我看这些书的感觉就是这样。

天空澄净湛蓝,我的思绪飞得很远。可是,纵使飞得再远,我也想象不出,山外的世界是什么模样。

我知道哪片山林的刺莓不酸,哪块地里的茅根甘甜,哪片水涡里的鱼虾多,哪个树洞里住着蟋蟀。我以为在这蓝天之下,大地之上,莫不是这样的生活。

捧着书一页页读下去,我的心头涌上一种新奇、热烈、无奈、恐慌的情绪。我突然意识到,世界是广阔的,生活是复杂的。而文学,呈现的就是一个我想象不到的世界。有那么多人,在里面演绎爱恨情仇,生离死别。隔着文字看他们,既像隔着树木看天空,辽远空旷一无所有;又像看脚底觅食的蚂蚁,连触角都分明可见。大观园里,那花木的姿态、食物的香味、人物的喜乐,真切得仿佛一回头,书里的人儿就对你露出一颦一笑。

可是,当我合上书页,收回目光,它就只是一本书。眼前的世界,阳光斑驳,花木青翠,葡萄叶在风中摇曳,几只鸡在啄食,几只鸭子在嘎嘎叫,一条毛毛虫在时停时走。遥望长空,夕阳西下,寂寂无语。

这些书,带给了我一个完全陌生的世界。我进而意识到,每本书都是一个世界。只是,有些书和生活贴得很近,让我误把它和生活合二为一;有些书离生活太远,让你以为只是一场恍惚的梦。书中人物这样近,又这样远,仿佛触手可及,又好似远在天边。

一颗文学的种子就此埋下。走出大山,读中文系,当一名记者或者编辑,成为我不息的梦想。

由于家贫,高考时因为不要学费,我选择了上警校,多少有些无奈。毕业后,我当过乘警、干过客运值勤民警、任过文秘内勤,然后竞聘上新闻宣传岗位,一待就是15年。一半是警察,一半是记者,也算是圆梦吧。

做新闻并不轻松,任务一个接一个。要写出一条好新闻,要现场采访、构思写作、修改投稿,还要及时了解舆情,做好引导解释,作息时间不规律,加班加点是常态。

滴水成冰的夜晚,我坐在被窝里,翻阅着烈士生前的日记,眼泪刷刷地流下;走近沿线的警务区民警,在走访帮扶贫困村民时,我们共同为命运的无常而喟叹;凌晨,我来到看守所的监室采访临刑的死囚犯,真切感受到"人之将死,其言也善";在火车站女子跳楼的突发现场,我一袭红裙举着摄像机的身影,闯进了记者的镜头,出现在播出画面……

这些经历,都变成了新闻,在媒体上传播。2012年,我写作的报纸和电视新闻,双双获评"湖南省新闻奖一等奖"。

可是,新闻真的是快餐,今天所记录的,明天就成了历史。有如惊鸿一瞥,激起的涟漪瞬间平复。

怎么能在新闻之外,加入自己的思考?我试着写一点散文。然而,新闻写作的简洁、明快、精准,与文学的轻灵、跳脱、别开生面,显然有一条巨大的鸿沟。从新闻到文学,从纪实到非纪实,决定了我不可能一朝化蛹成蝶。我知道,嬗变没有那么美丽和惊艳,更多是挣扎和纠结:笔尖老是弯不过来,新闻腔难减,理性有余而感性不足。

没想到,第二年,《广州铁道报》的老总向我伸来了橄榄枝,邀请我在周末版"南方列车"开设专栏——"红梅e语"。无知者无畏,我手写我心,大着胆子,我接下这一任务,一写就是近四年,共写作散文、时评100余篇。

期间,我经历了自己被误诊为癌症,深爱我的奶奶离世。当生死、永别横亘在眼前,心情的复杂和沉重,无法用语言来形容。只感觉生命很沉,一直往下坠,而所有平时重的事都往上飘。然而,正是生命不能承受之重,赋予了人生的意义。每个生命,最后都将独自面对剩下的寂寞和恐惧,孤单地面对自己的欢乐和痛苦。无论是在人群中还是在荒野上,那是他一个人的。

这大把大把时间的空白,大段大段灵魂的孤独,总需要些什么来填充。当冒险的梦想远去,旅行被现实羁绊,所幸还剩下阅读和写作,来抚慰心灵的忧伤,来获取向上的力量。于是,每天在忙完正儿八经的工作、一地鸡毛的生活小事之余，我刻意为自己留下一点时间，偶尔发呆，眺望远处，坚持写作，做一点无用之事。

生活似乎越来越快，世界越来越喧嚣，光怪陆离，让人目不暇接。庸碌的日常生活，很容易成为碎片，很容易就消失了。每天所面对的人与事，枯燥甚至无趣，但从现实出发，记下某一刻的偶有所得，灵光一闪，能让简单的岁月有所附丽。于是，没有宏大叙事，我只是从个体经验出发，关照生活，书写周遭见闻、街头人事、生活场景、风物奇趣，乃至家长里短、内心波澜……

时光匆匆，人事常新。听凭岁月呼啸，我静静地看，细细地想，慢慢地写。我时刻嘱咐自己安静、从容一点，用阅读和写作告诉自己，可以活得更丰富一点，美好一点。

这些纸上的文字，如静夜月光，它是自然的，不华丽，不溢美，却都是我对生活的记录、生命的理解和人生的感悟。作为一个初学写作者，写着，写着，又有些惴惴不安，字里行间，每一步都走得如此艰难。我只是一个一直在文学殿堂外徘徊的孩子，在寻找那扇进入的门。在众声喧哗中，我只是想用文字在人群中多留一点痕迹、多一点仪式感而已。我想，这是我精神原乡的起点，也是最终要抵达的目的地。

曾经有人问我，你通过读书，最终得到了什么？我想了想，看得见的是"加法"：我从一个警校毕业生、文学功底浅漏的基层宣传民警，成长为省市作协会员，两获湖南省新闻奖一等奖；看不见的是"减法"，我慢慢减少了愤怒、纠结、狭隘、挑剔、指责、悲观和沮丧，逐渐远离了肤浅和短视，失去了无知、干扰和障碍。它影响了我的思维方式，改变了我的说话谈吐，让我遇见了一个更好的自己，最重要的是它让我学会了用更敏锐的视角去观察，用更宽阔的胸怀去包容，用更平和的心态去处世。

去年，听到铁路公安文联要组编一套铁路公安作家丛书，我的心怦然一动：出版一本书，这是我由来已久的一个心愿。作为一名文学路上的新人，一个笔力稚嫩的作者，能有机会结集出这本书，我心里涌动的是感动、感谢和感恩。

这个集子汇集了我 2009 年以来在报纸杂志上发表过的部分作品。说实话，这些文字上不了大雅之堂。一位领导对我说，一个人只有认真回望来路，才会有更好的起步，别不好意思！

是的，这些文字还很稚嫩，远远达不到领导、前辈和朋友们的期望。但是，能够原汁原味地将自己内心储存起来的一些东西，利用文字的形式，毫无保留地袒露出来给大家看一看，也算是挺有勇气了罢。

中国作家协会全委会委员、全国公安文联副主席张策先生特为集子作序。他对于像我这样未入流的作者寄予的期望和鞭策，让我感念于心，不敢懈怠，激励我一直并将继续在路上。

行文至此，夜已深沉。窗外，长沙城万籁俱静，街道、建筑、绿树，寂然无声。月光的清辉，静静地洒在窗台上。淡淡的白玉兰香，若有若无地芬芳。愿纸上月光，照耀在每个人的精神故乡。

（原载"中国警察网"2017 年 9 月 1 日）

问"香"有几许

顾颖颖

说起香,总也比不过春日里桃李银杏调制而成的迷迭花香,夏日暴雨后从大地泥土里弥漫开来的清润醒人的青草香。说起香,更是比不过婴儿嚼完奶嘴从滑嫩肌肤里散发出的奶香,母亲劳作厨房时传来的撩拨味蕾的饭香。说实话,我是爱极了简单日子里这些不简单的"香"。但一年四季里,总有不是春夏的时候;百年长河里,也总有婴儿长大,母亲变老的时候。我总要寻找一种"香",在我孤寂落寞时,永恒陪伴我的香,可,那又是什么呢?

能与之媲美的,我想,莫过于书香了。那一页页纸的前世,可都是吸收了日月之精华的,就像佛祖脚下一株仙草总有羽化成仙的一天,那一棵棵无名大树,在经历脱胎换骨的洗礼后,承载着光荣使命汇聚成册,最终来到人们面前。

既是如此,那书香,自然是极不平凡的味儿了。

我第一次闻到这不平凡的味儿,是五岁时,从自家后屋的灶房里拾捡到的一本书。那口供一家人伙食的老灶头,挺着烈焰熊熊的大肚子,差些就把这书吞下口去。幸好,我已到了会看图画的年纪,被书上那几个彩色小人吸引住了,就将书抱回了屋去。被烧焦一个角的书,就压在我的枕头底下,而它的味道,从此压在了我的记忆底下。上了小学,我就读会了这本书,原来书名叫《中华民族传统故事》,那孔融让梨、黄香温席的道理,就是从那时学会的。我从小父母不在身边,爷爷奶奶又不会讲故事,于是在三岁定八岁、八岁定终身的关键年纪,那关于正义的、诚实的、守信的真理,正是被我"救下"的书教给我的。

在那一本书三块钱的时期,我们小孩也是买不起一本书的。虽然买不了书,书痴如我,却从未断过一本书。我得书的渠道有很多。比如后屋灶房里,断断续续地来了好几年的书。那是邻居大哥悄悄扔过来的。大哥的父亲是生意人,每年回家都买好多书给他。可他偏偏就不爱书,为了不被他父亲寻到痕迹,书原先都是要化为灰烬的。但自我摸熟了规律,和大哥商量了把书都留给我,这书便不进灶肚子,而是进我肚里了。

除了灶房拾书,还有我大伯的书橱里,总能借来书看。那年大伯是村支书,他的书橱里占比最多的便是思想政治、党员学习之类的书了。上中学时,我从大伯的宝库里找到一本前苏联作家尼古拉·奥斯特洛夫斯基的《钢铁是怎样炼成的》。我记得那书的封面是泛黄的,纸张因被翻得过多而有些破旧。因为旧,书里不免带点腐味,但往深处去闻,那固有的熟悉的味是不变的。书中的主人公保尔·柯察金充满理想和激情,他用信念、坚韧、奋斗告诉我们青年人英雄到底是什么模样——勇冲一线,保家卫国;无私奉献,舍身忘我;不畏艰苦,不畏牺牲。就这样,一份正义的英雄情怀从此在我心中打下了烙印。那时候,我还不懂什么叫命运,不懂命运其实就是一条跌宕起伏的大河，时而平静，时而湍急，但我却早早地明白了应对的方法。

再大些，灶房的书，大伯的书，都不能满足我了。我开始办镇图书馆的借书证。

青春懵懂时期的我迷上了台湾作家三毛的书。"不要问我从哪里来，我的故乡在远方，为什么流浪，流浪远方，流浪；为了天空飞翔的小鸟，为了山间轻流的小溪，为了宽阔的草原，流浪远方，流浪；还有，还有，为了梦中的橄榄树……"这首后来被齐豫所唱的著名的《橄榄树》，原来是出自三毛之手。在那充满梦幻气息的雨季，有多少次，我陶醉在三毛的词句里，被那温暖、清新的气息引入梦里。梦里，我与撒哈拉沙漠相遇，看到了娃娃新娘、哑奴、哭泣的骆驼，还有，对，还有站在沙漠里，那位风度翩翩、深情的、温柔的大胡子先生——荷西。

眼泪打湿的清晨，又有谁知花落是多少呢？

人总免不了长大，就像一颗种子，一旦落地，总要拼命发芽一样。一旦告别迷离与伤感，总会毫不犹豫地披上坚韧的盔甲。鲁迅先生，就是这样一位，鼓励我顽强和坚韧的先者。毕业后，我赶赴了一场又一场的人才招聘市场，投入了一份又一份简历，但结果总是不尽人意。就业、生活的压力就像一座大山，压得人连呼吸都艰难。每到这个时候，我就必须读一读鲁迅先生的文字。那字字铿锵的言语，蕴含的是一种刀子也刺不进的坚毅的精神。救人心于苦难的鲁迅先生，将大义与大气书写成文字，将思想与精神雕琢为艺术，留于世世代代的警醒与奋进。看完《呐喊》、《彷徨》，我还有什么理由失意与落寞呢？我不再瞻前顾后，不再哀声自怜，我白天打工，晚上复习公务员考试资料。半年后，我便考上了上海市公务员，将儿时那份保家卫国的梦想，变为了现实。

如今，我的床头总堆满了书。有贾平凹的《自在独行》，有玛格丽特的《飘》，有同事陈晨的《我的大海》，还有诗经、唐诗、宋词。无论岁月安好与沧桑，无论人聚或人散，唯有书，总留于我温暖，力量。

　　问香有几许，花间一壶春。那有着超凡脱俗味道的书香，只有爱书的人才能体会。

（原载《中国文化报》2017 年第 78、79 期）

因为文学,我开启了一个世界

刘晓霞

"为了奔赴圆满,月亮日复一日默默行走。为了获得有所感知的生活,我在自己的时空里跋涉。当我欢愉,当我失落,或者累了若有所思的时刻,我就看看月亮。看她清净如水的光辉,从不炽热,从不熄灭……"这是 2013 年年初,个人文集《行走的月亮》准备付梓时,我托付编辑老师加在封皮上的一小段心语。为什么那么爱月亮?大概因为月亮低调着的丰盈。她不仅从容地周而复始于一程接一程向圆的途中,而且年复一年,始终沉静。这是一种精神,更是一种气度。这样的气度,恰恰暗合了文学的气质,让我流连,让我崇敬。

因为文学,我开启了一个世界;因为文学,

我可以动手打造一个世界。以文为缘，却仿若拥有三世三生，岂非幸哉？被这样的幸运围绕着，人，就应该有一种自安自足的淡然之态吧？

这真是一种理想的圣境。我常常在优美宁静的文学作品中体会到这样的心境，也注意在生活中发现和捕捉这样微小的感动，更加着迷于利用文字创建一个理想中恬然明亮的家园。这，大概就是我爱上文学的起缘。

回想起来，我跟语文老师的关系素来也好。私下里认为，担任班主任的理应就是非语文老师莫属。因为那一篇篇布置下来的日记、周记和作文，就是从每一个学生心里洇渗出来的情感之源，虽则稚嫩却很真实，是打开每一把生命之锁的钥匙。而这钥匙，通常掌握在语文老师手里。非常幸运，自幼以来遇到的语文老师，不论老少男女都美好、善良，有着纯净的心地和宽厚的性情，并善解人意。而自己每一次认认真真完成的习作，也几乎都能得到老师们的认可——相遇在文学途中，我们彼此那么适合。

不停地求学，不停地邂逅意外之喜。

因为那一篇篇见诸报端的豆腐块文章，在文学路上我结识了天南海北的文友，与志同道合的良师益友结下不解之缘。及至2014年9月，我又迈入了鲁迅文学院高研班的大门，见识到殿堂级文学大师们浩瀚如星海的心胸，所以，当年结业会演时，特临时作诗，正以《金子般的时光》为题。

素年锦时，也算一种卑微着的神圣。或者换一种说法，哪怕当一个普通人心有所属，她就不会随风飘移，譬如一棵芦苇安然于天地，譬如一泓潜流安然于眼前昼夜不息的潮汐。

这么多年了，文学的笔从来没停过。向着真、善、美，不以微小而厌弃，集腋成裘，聚沙成塔。散文、杂论、诗歌、小说，各有各的味道。我的笔欢喜着，样样尝试，从未抗拒，只一定需是淡淡的。想必世间诸多微小的生命如我，一定依赖于这样浅淡的素然终其一生，这样的素然里，也自蕴藏着不可言喻的宏大的绵长之力。

一直在路上，一直没有停下步履。

文学路上的前行，与真实的现实毫不分离。特别是，当我发现，我也是那么自然而然地爱上了一个警察的步伐和热血，爱上那些出征的黎明和晚归的夜路。

　　作为警察群体中最为普通的一员，我能够理解许多外人无法体察的、真实存在于警察身上的那种豪气，还有痛感。在我看来，每一名爱岗敬业的警察，首先是一个深刻的"人"，爱生活、爱光明、爱顽强生长着的一切，然后才能成为一名好警察。这样的警察，以平凡扛起神圣，以热血铸就光明。

　　我写这样的警察，用文学的笔触描摹他们的境遇和性情。他们的境遇，平凡而神奇，一经触摸，动人心魄。他们的性情，不动声色却葆有热力。他们不慕浮华，一招一式都透露出坚定和郑重。坚定于人生的选择，执着于肩负的使命和职责。

　　走入这样的一种书写，就是走入了更为深广的探究。这样的书写，必将伟大的事业还原为细节，必将高处的神奇还原为艰苦的付出，将森林还原为树木，将英雄还原为身躯，将铮铮誓言还原为无声，将大海还原为溪流，将热泪还原为一滴滴沉寂之水。

　　文学和警察的职业精神，其实有着更加深入的相合。她们以同样微小的生存关照着人间百态，以悲悯的内在情怀去呵护。她们以不屈的姿态挑战世态的残酷，以宽容的心胸去承受。她们的悲与喜，参与了人世的各个角落。她们的得失却统统跨越了今生。她们的追求，拥有更远的航程。为了这样的航程，虽苦而无悔，虽痛而价值无穷。

　　理解了文学和警察的关系，就是获得了一种撼动心魄的领悟。不停地获得精神上的谷粒，便不会轻易迷失。拜职业和爱好的双重赐予，一种定力，自然养成。

　　我是幸福的。虽然这幸福通常现身于来之不易的胜利之后，虽然这幸福浸泡着奋斗者的苦楚与孤独。除了珍藏，至今，尚未期待将其变现或典当。不离不弃，一路同行，她们于我，就是最好的报偿了。

　　一种丰盈，堪称富有。无论是对于文学，还是人生。

感恩于慷慨的沃土，我在每一个春天播下粒粒种子。感恩于丰沛的雨水，我在每一个冰冷的寒潮情愿静静蛰伏。人生的四季自有其强大的秩序，这样的秩序不断地催开花朵，持续地繁衍一个又一个生机。

我，如常爱着就好了。

——怀着卑微着的神圣，向着沉寂着的丰盈……

（原载《人民公安报》2017年5月26日）

你也可以是暖暖的"陌生号"

蓝 茹

我不知道她姓啥名谁,却不愿意把她从"陌生号码"来电中删除。

我也不知道她那天晚上回去,是不是真的如她所说"挺顺利的"。

但我知道:"以作善降祥为因果"之人,必是"胸中自无火炎冰兢,眼前时有月到风来"的向暖、多福之人。

在我心灵的收藏夹里,还有两个与她一样,想起来就温润沁心、令我无法忘怀更不可能删除的暖暖的"陌生号"。

一

那天，不知是迷迷蒙蒙的细雨乱了我的脚步，还是钱江潮一样涌来的"路上行人魂欲断"的悲情湿了我的心智，我如折翼迷途之雁，漫无目标地在湿漉漉的街上徘徊着……

路过一个十字路口时，忽然一个甜甜的笑脸如雨后玫瑰般友好地冲我晃了晃，那双清亮如山涧溪流、圆润似黑宝石一样的大眼睛里，荡漾着春阳一样明亮暖心的柔波，仿佛轻轻地对我说：怎么了？开心点哦！

我灌满了铅块一样愁云的心间，忽如裂开了一条缝隙的冰面，透进了一丝暖暖的阳光，不由自主地随着这位脸有稚气、留着厚厚齐刘海的小姑娘真诚的关心而笑了。但也许是我勉强的笑比哭还难看，小姑娘笑意盈盈的脸上闪电般滑过一丝不满和无奈，随后就如不倒翁一样左摇右晃地对我开心大笑，双手同时顺着嘴角向上做了一个提拉的动作，如一只淘气可爱的小花猫在洗脸。我忍俊不禁，随着她一起开怀而笑，乌云密布的心头顿如骄阳满溢一样温热、亮堂起来。

小姑娘满意地朝我挥挥手，不待我说出"谢谢"两字，便如跃出水面的小鲤鱼一样，倏地一下又潜回到匆匆而过的人海中。

望着小姑娘渐行渐远的背影，我突发奇想：那个春日晴空一样明媚的笑脸表情，是不是源自于她啊？那么纯净！那么甜美！如特写镜头下的出水芙蓉一样，蓬蓬勃勃地绽放着，馨香袅袅地浸染着，让人一见就再也无法忘却；一回想起来，愉悦的情愫便如清澈的波纹般从心底荡漾开来，涌遍全身，默默提醒我：今天你微笑了吗？没有过不去的坎，也没有走不出的风雨和泥泞……

二

几个月之后，我心灵的收藏夹里又添了一枚同样无法忘却的笑脸。

那是一张爬满皱纹、被风雨打磨得如同干裂、黝黑的土地一样朴实无华的中年环卫女工的脸庞。

着了火一样的空气，让街头红灯闪烁和等候公交车的时间，如九曲十八弯的盘山路一样漫长而难熬，丢弃的冷饮包装纸、矿泉水瓶等杂物垃圾，亦如热浪滚滚的天气一样源源不断地在地上或果皮箱周围涌现。

那位穿着桔红色马甲的环卫女工拿着簸箕和笤帚，不停地清扫着，有时刚一转身，才扫过的地方又冒出了雪花一样的纸屑或是瓜子皮等杂物，她便如磁铁一样迅即将其扫入簸箕内，再倒进随身携带的小手推车上的垃圾袋里。

她黑瘦、粗糙的脸庞上，密密麻麻的汗珠如刚喷过的水一样滴滴答答地往下落，我不由得感叹了一声："真辛苦啊！"

她直起腰，笑得像一朵八月金丝菊一样说："不辛苦！只要你们大家高高兴兴的，街道上干干净净的，我们这心里就舒服。"说话间，她又娴熟地舞动着笤帚，将一根不知从何处飞来的雪糕棒轻揽入簸箕内。

我刚想说"你的觉悟还挺高，挺有职业精神的"，她却已迅捷地跟在一个边走边扔瓜子壳的时髦女青年身后，边扫边乐呵呵地说："天热，大家别急啊。绿灯亮了再走，车子停稳了再上。安全第一。"

以前我一直觉得自己特"脸盲"，可不知为什么，那名环卫女工挂满汗珠的笑脸，却如岩画一样深深地烙在了我记忆的胶片上，让我在自觉苦、累、烦时，情不自禁地想起忆起，顿感自己颇有些身在福中不知福，太过矫情了！比起那位风吹日晒、披星戴月工作的环卫女工，在"冬有暖气，夏有空调"环境中工作的我们，有多少资格叫苦喊累？她能那么发自肺腑地笑着面对，我又有何理由不"以前言往行为师友，以忠信笃敬为修持"呢？

三

这之后不久，因我自告奋勇要给同事的玻璃水杯配一个漂亮的隔热"外套"，我心灵的收藏夹增添了她这枚暖暖的"陌生号"。

邂逅她的前一天晚上，我凭推测到她所在的小商品夜市上寻找隔热杯套，结果自然是"不买时满街都是，真想买时却踏破铁鞋无觅处"。我心有不甘地向一位和善的老伯打听，老伯随即热情地拨通了她的电话，她却因家中有事，近期都不准备出摊儿了。

想到自己给同事信誓旦旦的承诺，我焦急地恳请她"能否尽快来一趟"。

那位老伯也热心地帮着恳求她说：这位老师找了好几天了，都没找到合适的。你明晚就抽空来一下吧。人家答应了同事，买不着多着急啊！

她让老伯把手机递给我，简单问了一下我大体想买的杯套款式、颜色，热情地说她那儿多得很，让我第二天晚7点在老伯处等她。

那一刻，我觉得霓虹闪烁的街头真美！真暖心！

次日晚6点刚过，一个陌生号码打进了我的手机，我接起来一听，竟然是她的声音。

她有些不好意思地问我，能不能早一点过去？说她已经到了。因她发现天气不是太好，想忙完了尽早回去。

我感动得飞一样匆匆赶了过去，却发现她的隔热杯套全是我预选时首先毫不留情否定的那一种，但我仍然决定买一个，只为她大老远专程来一趟的真诚和不易。

她却突然收起笑容，略有些严肃地盯着我说：你实话告诉我，这是不是你想要的那种？

我想安慰她说"是"，可面对她纯净如泉水一样的眼神，又实不忍心说假话骗她，但又满心感激，想以"顺利开张"来感谢她。于是，我犹豫着连连点头，并随手拿起一个杯套要买。

她却心如明镜似的朗声笑着说:"你一看就不是会撒谎的人!这有什么啊?谁还没个急事难事!你没有相中,就别为了照顾我而买。否则,我心里还怪不得劲儿的。为了这三块五块的,让咱们心里都不舒坦,值当吗?"见我终于放下了并不中意的水杯套,她如畅饮了蜜糖水一样如释重负地笑了。我满心感动地想把她的名字存进手机电话本里。她却一边收拾东西,一边笑呵呵地说,她相信人与人讲究的是一个"缘"字,以后我还需要什么,到那儿找她就行。说完,如一朵怒放的山丹丹花一样骑上电动自行车走了。

四

看着她渐渐融入远方灿如星河的灯火中,我突然觉着:其实,只要我们愿意,我们每个人都可以成为他人眼中暖暖的"陌生号"。

比如,倒生活垃圾时,尽可能系紧系好,方便环卫人员顺畅地装卸;如垃圾袋内有玻璃等尖锐物品时,尽量多包几层,以防扎伤垃圾清运人员。

又比如,遇到有人问路时,在告诉他或她"路东"、"路西"的同时,最好也能告知其"左转"或"右转"。

还比如,我们履行职务行为时,尽可能多一点笑容和耐心,不把职业厌倦或麻木等负面情绪带到职务行为中,这样不仅你能成为他人眼中难忘的暖暖的"陌生号",你所在的单位、部门或群体,也会因你的微笑和热情而好感度大增,更多一份魅力呢!

再比如,在如今十分流行的境内外出游中,你文明的言行,不啻标明你是一个令人赞许的暖暖的"陌生号",更鲜明地展示出一方水土或一个国家和民族令人叹服的最美风景和实力!

举手之劳间,就能成为一枚向暖、多福的暖暖的"陌生号",何不试而趋翔?赠人玫瑰,手留余香哦!

(原载《美文》2017年第5期)

天不负

张 雷

夜深人静的时候,我总是试图想方设法解开心底积攒的一个又一个谜团。我不断地在苦思冥想,侦查破案是不是和破译密码有着不少的相似之处?这两项工作是不是都需要具备超人的智慧?是不是也包含着所谓的"运气"成分呢?

反反复复深入经常与案件打交道的公安一线采访,亲眼目睹了一桩桩悬疑案件的成功侦破,我觉得现实生活中的每一位个案民警都可以堪称当代的"福尔摩斯"。从山重水复到柳暗花明,破案算得上是一件比较神秘的工作。公安民警们是怎么寻觅到蛛丝马迹,又是怎么一层层剥茧抽丝的呢?许多的时候,我听到了他们类似口头禅的一个词,那就是"经营"。也就是说,即便是侦破一件并不复杂的案件，也需要公安民警的用心"经营"。如果没有滴水穿石的韧劲，如果没有不达目的不止的执着，可能所有的案件都将成为无法破译的谜团。

低头沉思的间隙，我蓦然记起了山亭警方近期成功破获的两起比较有影响的典型案例。这两起案件的侦破，有人说是一场耐力的比拼和智力的角逐，也有人说这是"运气"垂青的心想事成。把案件还原，我们不妨和公安民警们一起并肩作战，重温民警们经历的煎熬与艰辛。

即将翻开新年日历，刑侦大队院内的气氛略显沉闷，接二连三发生的抢劫、盗窃案件让民警们感觉特别的闹心。取消了所有的节假日，年轻的刑警们已经连续奋战近仨月了，彼此都没有丝毫的懈怠和埋怨。就在元旦前夕这天，市民关注、市局挂牌督办的重大抢劫案的两名主要犯罪嫌疑人终于被抓捕归案。笼罩在刑侦大队大队长王向坤和代理教导员杜传阔心头的阴霾一扫而光，他们觉得在辞旧迎新的日子里，大要案的侦破工作迎来了"晴天"。经过斗智斗勇，两名犯罪嫌疑人不仅交代了光天化日之下驾驶摩托车抢劫巨额现金的犯罪事实，而且还供述了窜至山亭周边三市七区飞车抢夺、抢劫作案120余起，涉案总价值40余万元的犯罪经过。从发案到案破，整整用了80天的时间。在这80个日日夜夜里，专案组的民警们都在为找寻破案的线索四处奔波。民警们仅靠受害人提供的犯罪嫌疑人在实施飞车抢夺的过程中曾经将右臂摔伤的这一条线索，先后走访大小卫生院（室）300余家，最后在一个偏僻的乡村，摸排到了两名临沂籍犯罪嫌疑人的藏身地点。案件说破就这么破了，压在民警们心头的磐石一下子被搬开了。事情说起来远比做起来轻松，期间的酸甜苦辣只有参与侦查破案的民警们清楚。为了尽快把案件攻克，民警们不仅运用了智慧，而且付出了汗水。

"欣悉你们于近日成功打掉一流窜抢劫、抢夺、盗窃犯罪团伙，抓获犯罪嫌疑人2名，破获'两抢一盗'案件140余起，涉案财物40余万元，取得了冬季严打整治集中行动的重大战果，实现了严打斗争的开门红，特向你们表示祝贺，并向全体参战民警致以亲切慰问!"市局为此专门发来贺电。面对上级公安机关的肯定和褒奖,民警们更加意识到肩负的使命与责任的分量。如果说"保一方平安"是人民警察不变的天职,那么"不破此案誓不罢休"就是刑侦民警的永恒操守。常年摸爬滚打在侦查破案的第一线,公安民警们最理解"忠诚"和"奉献"的朴实内涵。

　　提及第二桩案例,我们不得不再次走进那个惨不忍睹的交通肇事现场。去年盛夏的夜幕下,正在横穿公路的祖孙二人被急速驶来的一辆机动三轮车碾在了车下。一位年迈的老太太和一个不到十岁的小女孩倒在血泊之中,肇事三轮车却不顾伤者的生死与否,加大油门逃之夭夭。处理事故的民警赶到现场,发现年幼的女孩已经停止了呼吸,赶紧将伤势严重的老太太送往医院抢救。最终这起事故造成一人死亡一人重伤,却没有人目击事故的现场。民警高德诗、刘敬军再三缜密细致勘查现场,除了一摊血迹之外,却没有发现其他有价值的痕迹物证。民警们根据现场仅留的一摊血迹,顺着公路沿线一直查缉搜寻下去。直到凌晨一点多,他们在附近村庄又发现了肇事车辆刮落的漆痕。公安局主要领导和交警大队大队长高江闻讯后,在第一时间赶赴现场,抽调交警大队和刑侦大队的精干警力组成专案组,全力靠上侦破这起案件。历经酷夏和严冬,分管事故处理工作的交警大队副大队长单国、刑侦大队副大队长殷宪哲带领专案组民警高德诗、刘敬军等人行程 5000 余公里,足迹踏遍了公路沿线附近的 100 多个村庄,走访询问群众 2000 余人次,核查农用三轮车近 1000 辆。功夫不负有心人,当他们排除了一个又一个疑点之后,还是发现了可疑车辆和肇事嫌疑人的线索。就在暂扣肇事嫌疑驾驶的机动三轮车的时候,专案组民警遭到了车主的百般刁难,案件侦查又陷入了困境。公安局长田传海果断指示专案组民警要借助科技力量,一边对漆痕检验,一边对嫌疑人进行测谎。在证据面前,嫌疑人最后的心理防线崩溃了。在传统的新春佳节来临的前四天,洪姓犯罪嫌疑人被依法刑事拘留。受害人的亲属高洪晨在大年三十这天给公安局送来一封感谢信,感谢田传海、高江、殷宪哲、单国、高德诗、刘敬军等这些可亲可敬的领导和公安民警为他的家庭和亲人伸张了正义。

公安民警侦破这起交通肇事逃逸案件，前后历时半年的时间。在案件侦破的过程中，民警们忽略了节庆与亲情，忽略了中秋圆月和元旦焰火的美景，他们的心思全部用在了案件侦破的"经营"之上。和案件相关联的车型、和驾驶人相近的体貌特征，时时刻刻都牵动着参战民警的神经。用"金石为开"的执着来描述民警们执法为民的精神应该不为过，没有民警们的攻坚克难，没有民警们的坚持不懈，这起交通肇事逃逸案件或许就没有被侦破的可能了。只要民警们赤胆忠诚，只要民警们亲民爱民，就拥有了披坚执锐、战无不胜的勇气和信心。

破译密码需要超人的智慧，做当代的"福尔摩斯"也不是一件容易的事情。朝着既定的目标奋进直至拥抱成功，这中间需要怎样的坚持和付出，才能够确保"天不负"呢？

关于"天不负"的最好诠释，我们或许能够从女作家杨小白的长篇历史小说《越王勾践》中找到答案。"天不负"的现代版本，其实每天都在公安机关和公安民警中上演。或许是因为我经常深入警队采访公安民警的缘故，所以我固执地认为每一位恪尽职守的公安民警都是"天不负"的典范。

"有志者事竟成，破釜沉舟，百二秦关终属楚；苦心人天不负，卧薪尝胆，三千越甲可吞吴。"随口吟咏出"题书斋联"中一幅大家都熟知的名联，我想把它送给我钦佩的所有的公安民警和爱岗敬业的人们一起分享，让我们在现实生活里都早日把"天不负"的奋斗目标顺利实现。

（原载《现代世界警察》2017年第8期）

警营如炉亦是家

李 阳

从社会或学校大门出来,走进消防警营,警营就担负起教育、培养所有消防战士的重担,比起身体上的锤炼、业务上的教授,帮助他们树立正确的人生观、世界观、价值观更加重要,且任重道远,需要密切关注、及时纠偏。

杭州公安消防局萧山大队萧山中队二楼的活动室外的走廊墙上,贴着四张图片,每张图片左侧上角分别以"H""O""M""E"大写字母开头,代表荣誉(Honour)、责任(Obligation)、使命(Mission)、热情(Enthusiasm),这四个字母组成的单词是"Home",家的意思。

对应四个词组的释义是:

荣誉是我们灭火战斗、抢险救灾的不竭动

力。我们崇尚荣誉,为荣誉而战。

赴汤蹈火为人民、恪尽职守保平安是我们永恒的责任和不懈的追求。

我们以国家和人民的最高利益为神圣使命,用忠诚和勇敢、青春和热血筑起一道道钢铁屏障。

火一样的热情,水一样的心灵,我们将年华倾注于消防事业,让青春在警营闪光!

四张图片上方,贴着十几张洋溢着青春笑脸的消防战士照片,他们身着橄榄绿,在阳光下、双杠上、操场边、图书馆、消防车旁……留下了青春的面庞和身影。

"我一直在思考,这些消防战士退伍以后走向社会,开始另一种新生活,那么在这里的警营生活会给他们留下什么印记,对他们的未来有什么影响。"董晓飞若有所思。虽然他的年纪并不比那些年轻的战士年长几岁,但在中国武装警察部队学院读书的六年历练,不仅武装了他的头脑、强健了他的身体,科班出身的他,对消防事业更是别有一番情感。

"我是终身选择消防事业的,而那些战士不同,他们脱下警服就要学习新的技能,重新选择新的岗位。我希望他们能在警营学到更多的知识,留下更美好的回忆。"

董晓飞说,他已经开始为每一位新入伍的消防员建立一份记忆档案,把他们在警营生活的一些瞬间都定格在照片上,训练、吃饭、聊天、学习、出警、联欢等时刻,"绝不是摆拍,在他们不经意的时候,随手就记录了一个个或美好或平淡或难忘的瞬间。等到他们退伍时,就把这份留下警营生活印记的特别档案送给他们做礼物。我想,未来某一天,等到他们回忆起自己在警营里的青春年华,看到那些照片,一定会感到一丝温暖吧。"

送退伍战友一份记忆档案,仅是董晓飞诸多创意中的一个。

"其实,我最关注的还是他们在警营里能学到什么。"

小沈2011年入伍,2013年退伍,由于在部队里没有学会谋生本领,再加上社会上不良风气等影响,退伍后染上了一些不好的习惯,四处借钱,最后不知所踪。中队部发现这种情况以后,把消防员们的成长、成才作为部队建设的重要发展方向,对此,每逢新兵入伍,中队主官第一件事就是和他们交心谈心,鼓励他们,帮助他们在新兵之初找准方向并在日常工作中,特别是在内心疲态、精神迷茫的时候帮助他们,坚定目标。

其次是培养兴趣。中队注重官兵身心健康的培养,积极和地方单位建立共建协议,把走出去和请进来相结合,先后聘请了咏春教练来队教学、乐器老师专门辅导,书法绘画在线学习,每周组织游泳活动、卡拉OK你点我唱以及各类球类棋牌类活动,与辖区图书馆建立长期关系,定期借阅、归还,丰富大家的精神生活。

由于每个人的家庭状况差异较大,在培养个人能力上,坚持因材施教。

小苏家里开办纽扣厂,家境较好,就锻炼他对外交际和营销策略,从一定程度上逐步提高他的办厂兴趣和对企业发展生存的负担能力。

小金,学习成绩较好,积极鼓励他参加考学,并且专门安排学历较高的实习大学生对他辅导。

小潘,家境条件一般,文化程度不高,专门邀请电脑维修公司的人员来队开展维修知识讲座,并建立联系点制度,经常性组织电脑维修观摩。

同时联系萧山区电大学院、浙江传化集团等单位支持,设立校外辅导基地,开设函授(学历)教育和计算机应用、电工技术等实用技能培训,使大家不出营门就能学出一身技能。

"目前来看,效果不错,大家学习的积极性很高,业余时间都在学习自己喜欢的东西。平时多流汗、战时少流血,不战之时也少流泪。可以预见,经过培养,战士们退伍后的生活状况将会有很大的改变。"董晓飞笑起来。

中等个头的董晓飞今年26岁,浙江衢州人,警龄十年,党龄五年。他穿着一身迷彩服,身板笔挺,皮肤是健康的小麦色,两眼炯炯有神,回忆起自己当年走进警营的过程,颇有感触:"记得当年 16 岁的我高考完填写志愿时,我当警察的叔叔建议我去报考警校,于是我就上了中国人民武装警察部队学院,一口气连研究生都读了下来。"

这时,一高一矮两个同样穿着迷彩服的战士走过来请假,说要去营房外理发。

"老兵可以去,一个小时后必须归队。"董晓飞示意矮个子的老兵说,作为萧山中队指导员,他有准销假的权利。

"你,不行。一会儿我给你理发。"董晓飞对那个高个子迷彩服说。

高个子迷彩服刚入警营一年,按照规定是不能请假外出的。他只好吐吐舌头,身子一挺,立正,向后转,回营房了。

"现在想来,我非常感谢叔叔给我指明的这条道路。我觉得自己非常适合紧张有序的警营生活,不荒废每一分钟,不虚度每一天,时刻让自己都是充实的。对未来,我还有很多想法,都想在警营一一实现。"董晓飞说着,眼望远处,信心满满。

特勤大队教导员吕良良回想起自己几年前带过的一个消防员,依旧有些忧心忡忡。

"这位新入警的消防员,一直比较消沉,也不与其他人交流,没事时就喜欢玩手机游戏,后来发现他经常看一些黄色图片和视频,就没收了他的手机。经过我不断找他谈心,才知道他是入警前失恋了,被女朋友甩了,心里过不去这个坎儿,想不开时就用脑袋去撞墙。"

为此,队里把这位消防员送到医院治疗,找心理医生为他做疏导,想方设法帮他打开心结,从失恋的阴影里走出来。

"这个小伙子性格内向偏执,容易做出一些过激行为,感觉他不适合做消防工作,经过与家长沟通,取得理解后,他很快就复员了。"吕良良说,"他先在音像店找了一份工作,没做多久就换了一家汽配维修店,现在还没跳槽,那里也许适合他。后来又谈了一次不成功的恋爱,现在自己租房子住,成熟了很多。"

吕良良一直和这位曾经的部下有电话联系，时不时就打过去问问他的近况，了解他的思想动态。

"虽然五个手指伸出去都不一般齐，但我希望从特勤大队走出去的每个小伙子都是好样的。"

"从警营学到了什么？"李晓明颇有感触，"这个，我是有发言权的。"

虽说当年是母亲"骗"自己走进警营，从17岁到31岁，从青葱岁月到为人夫、为人父，这段人生发生蜕变的14年时光是在警营度过的。

"警营给了我全部。"正在开车的李晓明毫不犹疑地说，"瞧，我现在开车的技能，我的家，我的儿子，我的未来，都是警营给我的。"

与其他消防员不同，一直在淳安中队工作的李晓明，从来没有调换过单位和岗位，淳安的大街小巷都留下了他的足迹。

"对这里，我比对自己的家乡还了解呢。我与妻子就是在县城的小超市买拖鞋时认识的。怎么说呢，可能当时穿警服的我比较帅吧。"回忆起当年第一次见到现在的妻子时的情景，李晓明有些腼腆。

"我的家庭有些特殊，我父亲是在我8岁时去世的。后来我妈嫁给了现在的继父，又有了弟弟妹妹。来到警营后，按照纪律要求，我就很少回家了。在这里成家时，没有多少钱买房子，战友们借给我十多万付首付，现在还没有还清。妻子生了儿子后不再工作，我的工资每月要还房贷3000多元，再存一部分慢慢还债，其余足够在淳安这个小县城生活了。"

"我还有一个技能，足以安身立命。"李晓明有些得意道，"我天生喜欢做饭，在哪儿吃过一道菜，几乎能原样复制。"

"是的，你做的糖醋排骨真好吃。"黄瑞君搭腔说，他是淳安大队文书，刚入警营两年，精精神神的一个小伙子，刚刚21岁。他要去支队报到，参加驾驶消防车学习班，为期两个月，李晓明开车送他去杭州。

"就记着糖醋排骨了？酸菜鱼呢？剁椒鱼头呢？"

"都好吃。"黄瑞君说,"可惜有两个月吃不到你做的菜了。"

"好好学驾驶,拿到驾驶证,你想吃啥,我就给你做啥。"李晓明笑着看了黄瑞君一眼道。

"说好了,我要吃你做的红烧肉,还有那个猪血豆腐炖鱼尾。"

"没问题。"

中队请了一位阿姨给大家做饭,每周有一天休息,没有阿姨做饭的日子,大家就自己动手,各显其能丰衣足食。每到此时,都是李晓明大显身手的时候,从买菜开始,就亲力亲为不让大家插手,直到一桌子丰盛的佳肴被大家风卷残云般一扫而光时,李晓明最开心了。

"我已经想好了,再过三年离开警营了,我就在淳安找个离大家不太远的地方,用退伍安置费开个夫妻家常菜饭店,用自己的特长养家糊口。这样可以时常回到警营看望大家。我还要做个义务消防员,身离心不离,只要消防队需要我,随叫随到。"

"休假时,我去你家饭店吃饭。"黄瑞君笑眯眯地向往着。

"嗯,不收你钱,帮厨就行。"此时,一家夫唱妇随的小饭店好像已经在李晓明的脑海里开了张。

"现在想起来,真得感谢我妈。"说到这里,李晓明的声音低落下来,"可惜我妈前几年就去世了,无法看到我开饭店那一天。"

黄瑞君看着身边的战友,轻轻拍拍他的肩膀,两人目视前方。

宽阔的钱塘江出现在眼前,昏黄的江面上几艘轮船航行其中,两只白色的水鸟追逐着,从江面飞过。

耸立在江边的高楼大厦高低错落鳞次栉比,一枚硕大的警徽镶嵌在其中一栋巍峨挺拔的巨型建筑上,在太阳的照射下,发出耀眼的光芒。

警营既是纪律部队、是家,更是一所培养人才的学校。杭州公安消防局还有许许多多和董晓飞、吕良良一样的基层干部,他们用自身的一言一行关爱广大消防员,用一件件暖心的事迹诠释他们对消防事业的赤胆忠心。

(原载《中国消防》2017年第17期)

静夜思

朱东锷

　　月圆月缺，时间，在悄无声息中轮回。
　　一圈光晕环绕着弦月，朦胧而诗意。月光透过甬道两旁白玉兰宽大的叶子漏下点点细碎的银辉，空气中白玉兰的馨香幽幽。我们在这个训练基地封闭集训已经两月有余，闲暇的晚上，我总喜欢沿着基地的甬道散步。白天热火朝天喧嚣热闹的风雨球场此刻阒寂无人。从清晨到日暮，在火辣辣的太阳下跌打滚爬了一天，战友们真的累了，早早就躺在了床上，有的已发出了与蛙鸣虫声相唱和的鼾声。
　　我静静地来到球场入口旁边的橄榄树下，橄榄树的躯干粗壮，在离地一米多高处分成三枝，三枝又再分叉，如此蓬勃生长，枝叶已经高不可攀。抬头细看，对生的叶子密密匝匝错落有致，树冠如撑开的黑色巨伞。

在那首《橄榄树》风靡的时候，也是在这样的月夜，我和同时加入警队的他站在这棵橄榄树下，分享训练的体会、对未来的憧憬，相约举杯邀月笑谈人生。"为了天空飞翔的小鸟，为了山间轻流的小溪，为了宽阔的草原，流浪远方……"在这棵橄榄树下，我俩谈古论今，从西汉的匡衡聊到盛唐的李坤。

匡衡自幼勤奋好学，但白天要做苦工，只有晚上才能读书，可是家里贫穷没有蜡烛。匡衡发现邻居家有烛光，便在墙壁上凿了一个洞引邻家的光亮来读书。"凿壁偷光"也成为一个成语。

才华横溢的匡衡受到了太子刘奭的赏识，太子即位为汉元帝后，匡衡仕途畅顺官至宰相，封安乐侯，总揽全国政务。为官期间，匡衡曾经大有作为。京城长安一带发生日食、地震等灾害，匡衡上书劝元帝"减宫室之度，省靡丽之饰，考制度，修内外，近忠正，远巧佞，任温良之人，退刻薄之吏，显洁白之士，昭无欲之路。"匡衡大力推广道德教化，弘扬礼让仁和之风。其时，宦官石显结党营私，把持朝政，加重赋役，剥削人民，匡衡上疏弹劾并纠举其党羽，铲除奸佞。可悲的是，匡衡晚节不保，被人告发"专地盗土（扩大国界）"。原来，匡衡被赐封安乐侯后，封地三十一万亩，食邑六百户，但匡衡利用郡图之误，非法扩大食封土地四万余亩。最终，匡衡被剥夺赐封，贬为庶民。

无独有偶。成语"司空见惯"的典故同样发人深省。"锄禾日当午，汗滴禾下土。谁知盘中餐，粒粒皆辛苦。""春种一粒粟，秋收万颗子。四海无闲田，农夫犹饿死。"唐代李坤的《悯农》诗两首几乎妇孺皆知。李坤幼年丧父，苦学不辍，20岁时进士及第。一年夏天，李坤回乡探亲，恰遇同榜进士李逢吉，两人携手登上城东观稼台，李坤看到田野里似火骄阳下挥汗如雨的农夫，不胜感慨，吟出《悯农》诗二首，随后，又写了一首《悯农诗》相赠李逢吉，"垄上扶犁儿，手种腹长饥。窗下织梭女，手织身无衣。我愿燕赵姝，化为嫫女姿。一笑不值钱，自然家国肥。"李逢吉拿着李坤的诗向皇上进谗言,告李坤写反诗发泄私愤,李坤却因祸得福被赐封,此后一路官至宰相。贫寒出身的李坤腾达后本应为民做主,为劳苦大众谋幸福,但他忘却了曾经的贫苦,并没有延续他以往对劳苦大众的悲悯情怀并为之伸张,逐渐过上了奢侈浪费的"朱门酒肉臭"的士大夫生活。诗人刘禹锡应邀参加其宴会,李坤命一家妓陪酒,刘禹锡挥毫赠诗:"高髻云鬟新样妆,春风一曲杜韦娘。司空见惯浑闲事,断尽苏州刺史肠。"

言犹在耳,与我高谈阔论的他却渐渐变了。集训结束后,虽然同在一个星空下,但平常各有各忙碌,我俩再没有好好聊过天。月升月落,草木荣枯,橄榄树的年轮一圈一圈增多,茁壮成长。身为领导的他在办理一宗经济案件过程中,多次接受案件当事人宴请,收受礼金礼物为当事人开脱,被开除党籍开除公职,身陷囹圄。

不同的时空,相同的轨迹。当年意气风发的他干过刑警和预审,从事过缉毒和经济侦查,也做过派出所工作,一直冲锋在前,惩处各种违法犯罪。没想到,在滚滚浪潮中,他也走上了歧路,最终与自己痛恨打击的魑魅魍魉一样同囚铁窗!他不幸叠印了刘博文先生所言历史的"人生怪圈":因贫穷而奋发,因奋发而功成名就,因功成名就而忘形,因忘形而身败名裂。我抬头发现月晕消散了,月光明亮而皎洁,此刻,他是否也在望着这一轮明月?

"今人不见古时月,今月曾经照古人。"历史不断重演,人啊,是否一旦富贵腾达,贪婪、自私、骄奢、淫逸等丑恶的劣根就会显露?人性本善?本恶?

我不由得又想起希腊神话《苹果之争》。密尔弥多涅斯人的国王珀琉斯和女神西蒂斯邀请众神参加婚礼,唯独忘了争吵之神厄里斯。厄里斯寻衅将一个金苹果扔在宴席中,说是要送给最美丽的女神。天后赫拉、智慧女神雅典娜和爱神阿芙罗狄蒂都争相要这个金苹果,众神之神宙斯让特洛伊王子帕里斯做评判。最后,苹果被判给了阿芙罗狄蒂,由此引发了特洛伊战争。

悠悠岁月，几千年的历史长河，沧海桑田，社会发展日新月异。也许，我们可以放慢一些脚步，静下心来，审阅一番自己的人生答卷。

（原载《南方法治报》2017年9月25日）

八月桂花香

罗瑜权

前两天,友人从家乡给我捎来两瓶"梨花雨"酒。家乡是中国雪梨之乡,盛产苍溪雪梨,雪梨香甜可口,入口即化,有止咳、润肺的功效。近年来,家乡人采用现代技术与传统工艺相结合的方法,以雪梨花配合糯米、高粱、玉米、小麦、大米五种粮食精酿而成具有馨香兼有浓香、酱香之特点的系列白酒,为宴饮、馈赠之佳品。

倚窗共饮酒,醇香沁心头。盈樽触生情,乡愁愁更愁。一个人不管漂泊到哪里都不会忘记家乡,我至今还记得许多故园的往事。小时候,我家住在嘉陵江边。那时,最好耍的地方再也不过于河边了。河坝很宽敞,多平地,有草丛和芭茅丛，还有一些长得不太大的杨槐树。一到春天，河坝便成了小孩们放风筝的天地，看谁家放的长，谁家放的高，谁家做的风筝最大最好看。到了夏季，河坝又成了天然的游泳场地，在河边上长大的孩子没有几个不会游泳的。到了秋冬时节，河坝又变成另一景观，孩子们嬉逐捉迷藏的，荡秋千的，比比皆是。

秋天的夜晚，清风送爽，河街也十分热闹。那时没有电视机，也没有收录机，只有广播，家中用电也节制，每当夜幕降临，家家户户、男男女女、老老少少吃过饭后，都搬出木制的小板凳和小竹椅，坐在街边桂树下纳凉，听老人摆龙门阵。在这种环境里，我听到了不少老人讲述的有关牛郎织女、吴刚在桂花树下酿酒和嫦娥奔月的古老爱情故事。

中秋节，是家乡除春节外最受重视的一个节日，也是我最喜欢的节日。小时候总盼着过节，或许是因为那时候生活水平比较低，只有过节时家里才会改善一下生活；或许是一到过节就放假，总会搞一些娱乐活动，自己可以痛痛快快地玩一场；或许两者兼而有之。总之，过节忙的是大人，高兴的是无忧无虑的孩子。

如今又到八月，又到桂花飘香的季节了，空气中到处弥漫着桂花沁人心脾的香气。一朵米粒儿大的花朵，淡淡的黄色，淡淡的香气，藏在满树碧绿的叶里，清新而幽远，羞答答地散发着迷人的清香，像繁星点点缀满了树丛。每到秋季的夜晚，我都喜欢站在小区内的桂花树下，看它淡雅的花色，禁不住去抚摸它小巧而精致的身影，却又怕摇落它。一阵秋风吹过，夹杂着阵阵桂花香韵，深深地吸一口气，花味芬芳，沁人心脾。也只有在这样的时候，才会感觉所有的烦恼忧愁了无痕迹，困扰我的一些人生问题也渐渐消失。

每年的农历八月，家乡人都会精心挑选出含苞待放的花朵，制成桂花茶，酿成桂花酒，而后在密封的坛中贮存多年。据说，此酒酒精度较低，有着酒香醇厚的特点，并且其有开胃助消化和活血益气的功效。中秋节那天，月亮最圆最亮，象征着合家团圆的美好愿望，无论是挚友相见，还是亲人相聚，大家都会坐在桌前，吃着妈妈亲手做的桂花月饼，品着桂花茶，喝着桂花酒，赏着大而圆的月亮。家乡中秋节饮桂花酒的习俗一直延续到今日，喝桂花酒、赏月一直都陪伴在我的中秋之夜。

参加工作后，离开家乡，到了部队，每年中秋节都在部队度过。中秋节那天，军营组织的活动比较多，战士们唱着、跳着、乐着，吃着月饼，赏着月亮，陶醉在集体的活动中，沉浸在甜美的歌声里，其乐融融。来自五湖四海的战友用各自的方言讲述着家乡过中秋的趣事，令人难以忘怀。月有阴晴圆缺，此事古难全，战士的家无论距离有多远，只要心中有一轮满月，就会永远和亲人在一起。

后来，我转业到公安机关工作，当了一名警察，每年中秋节同样与家人是聚少离多。有一年中秋节，那时还没有假期，市区发生一起重大刑事案件，需要外出抓捕一名重大刑事犯罪嫌疑人，我与战友是在千里之外的异乡度过了一个难忘的中秋节。在警营工作和生活多年，经常看到身边的战友帮助失散多年的父母找到子女，当他们家人团圆亲人相聚时，相拥而泣，思念、泪水交织在一起。每到这时，我就会为自己是一名人民警察而感到骄傲和自豪。

又是一年中秋佳节，又是一轮满月升起，在这美丽寂静的时刻，我徜徉在城市的皓月下，夜是那般的宁静、恬然，那么的高远、深邃，像无边的大海。月亮好似一位圣洁的女神，那么的高雅、纯美。月光照亮了整个城市，巡逻警车在大街小巷里穿梭，为了千家万户的平安，我们把岁月写进记忆里，把自己装进故事里，把幸福洒满了整个夜晚，温暖了整个城市。

（原载《当代四川散文大观（第八卷）》2017年4月）

红土地上铸警魂

梁路峰

悉数春夏秋冬,就五月最美。

四月绵雨把五月的天空洗得剔透,天空没有尘埃,蔚蓝。

多情的四月离去而让我独爱五月的炙热,瘦红肥绿的山川,恰到点精之妙处。

五月,井冈五百里红色长廊,桃红李白、嫩柳吐丝、莺飞蝶舞、绿野葱茏,漫山遍野的杜鹃花树青色苍绿,春意盎然。

永新,位于井冈山湘赣边界罗霄山脉中段,这里是井冈山红色革命根据地的重要组成部分,这里是湘赣两省红色革命根据地中心。当年,湘赣省委就驻扎在这里,"三湾改编"和"龙源口大捷"成为中国夺取革命胜利举世闻名的历史篇章。

午后的阳光热烈而柔和,三湾公园一片翠绿,乡村街巷阳光祥和。严鑫从三湾公园巡逻回来,一身汗气,小伙腼腆憨厚,脸上透露出十分率真的坚毅。

说起往事,严鑫说,那天晚上他没有顾及生命,只有正义的化身在催使他勇敢与毒贩搏斗。

那是2012年10月的一个深夜,月黑风高,永新县三湾公园一片漆黑,伸手不见五指。

正在大街步巡的严鑫接到举报,有人将在三湾公园附近交易毒品!

三湾,红色神圣之地,岂容毒贩玷污?

于是,一场与毒贩斗智斗勇的短兵相接拉开了序幕。

黑夜中,一辆小车亮着刺眼的白光,直奔三湾公园路口停下。灯熄后,驾驶员从车窗探出黑脑袋四处张望,仿佛在寻找什么……

便衣协警曾俊杰直接与毒贩"交易",讨价还价……严鑫与战友悄悄包抄,毒贩惊慌失措,瞬间发疯似的挣扎,打开车门往三湾公园幽黑的小道狂奔逃窜……

百米冲刺,严鑫以特警的神速,挡住毒贩的去路。寒光闪过,战友曾俊杰昏倒在地。

为了战友的安危,严鑫就像一头猛虎,奋不顾身地扑向毒贩,与毒贩展开了殊死搏斗。毒贩因急于逃跑又持刀刺向严鑫,一股旋风扑来,严鑫侧身闪过,用左手护住胸部,但尖刀落在他的左上臂,顿时皮开肉绽,血流如注。

黑压压的三湾公园一片死寂,毒贩连刺两名警员,亡命般向公园深处逃窜。严鑫顾不上左手臂的剧烈疼痛,朝着黑影奋起追击,30米、20米、10米……放下刀!毒贩持刀再次刺来,生与死的较量,严鑫只有一个信念,死也要拖住毒贩……

战友赶来了,严鑫夺下了毒贩手中的匕首,战友把毒贩牢牢地上了铐!正义战胜了邪恶,毒贩终于落网。

鲜血染红了三湾红军路,严鑫失血过多休克,生命危在旦夕。

永新县医院告急！吉安市人民医院告急！严鑫被连夜送往南昌大学第二附属医院治疗。

"曾俊杰呢，他伤得重不重？毒贩都归案了吗？"严鑫身处危境，首先想到的是抓到了毒贩没有，关心的是战友的安危。

医生告知，严鑫的左手将要废了。

局长、政委不甘心，从上海华山医院请来了神经科权威专家为他做了神经接合手术……

七个月后，严鑫伤情基本好了，法医鉴定，七级伤残！

严鑫淡然面对。亲友们劝他别做警察了；同事们劝他说别做特巡警了，风险太大；组织上领导也找他谈话，要为他换一个轻松的岗位。可严鑫婉拒了领导和亲友的好意，面对伤痛，他坦然接受。他说，我热爱警察这份职业，选择了，就不会因挫折和危险而退却。

严鑫受伤，父母十分痛惜。

严鑫家住吉安县，距永新60余公里，他从小就有当一名警察的梦想，大学毕业后他选择了永新这块红土地，选择了警察这份职业。五个春秋，沿着红军路，严鑫默默坚守着一方净土，延续了红军将士的光荣传统。

龙源口地区贩毒吸毒、偷盗抢一度猖獗。

"我的摩托车不见了，严警官，怎么办？"居民谈贼色变，众议问责。严鑫昼夜辗转难眠，十天十夜的蹲坑，寒冬腊月，寒风凛冽，露水沾在脸上，化成冰冷的水珠滑入身体，浑身颤动。功夫不负有心人，盗贼匡某终于被严鑫守候就擒。

连夜审讯，严鑫72个小时搜捕不休不眠，将盗、销摩托车的五名嫌犯全部抓捕归案，继而又以迅雷不及掩耳之势将以盗养吸、以吸贩毒的林某等13名嫌犯一网打尽，缴获冰毒、麻古等毒品30余克。

五个春秋，严鑫周而复始在读写永新的大街小巷，一次次的历险，让他感受到了一个警察的使命荣光。

冬天的一个凌晨，雷雨大作，一名70多岁的老妪在永新市政广场冻得瑟瑟发抖。已连续巡逻十几个小时的严鑫又困又累,眼皮都在打架,但见状,他还是赶紧将老人扶上警车,开足暖气,为老人暖身子,并驾上自己的私家车几经周折一个半小时将老人安全送回家中。之后老人的子女来不及感谢,严鑫已悄悄离去。

早晨,张金骑摩托车在东里桥头拐弯处超速倒地骨折不省人事,严鑫巡逻路过,毫不犹豫背起张金送往医院救治,并垫付了入院费,之后又通过张金的手机找到了他的家属,待其家属赶到后他却悄然离去。两个月后,张金痊愈后苦苦寻找,在机缘巧合下,终得知救命恩人就是严鑫。

"群众利益无小事,服务群众不难,难的是要做到细,细到无缺陷。"严鑫如是说。他就是这样存赤子之心,细致入微,温暖如春。

身为90后的严鑫,用热血和青春擦亮警徽,一步一个脚印沿着红军走过的道路勇往直前。从警六年,他直接参与抓获各类违法犯罪嫌疑人达360余人,受到了领导和同事的高度称赞。2013年他被江西省公安厅记个人二等功,并荣获"吉安市十大爱民模范"和"江西省先进工作者"称号,他用实际行动证明,他无愧为党和人民的忠诚卫士,是井冈的好儿郎。

金色的阳光照在大地,清风习习,严鑫迈着矫健的步伐,巡回在永新的大街小巷。红军路上,留下了严鑫一串串踏实的足迹;三湾路上,长长的背影显得那样高大……

(原载《长征路上的坚守》,群众出版社2017年12月)

我的一段学艺生涯

黄晓梅

我还在上高中,一次偶然的机会在三姐工作的制衣厂翻阅了一本《上海服饰》杂志,对漂亮服饰好像着了魔似的一天比一天迷恋起来,甚至在上课时间也手绘服装画稿。1994年7月,读书一直不上心的我终于熬到高中毕业考,待考试一结束,我似出笼的鸟儿,飞回家缠着母亲给我找一个裁缝师傅拜师学艺。

经过一夜商量,母亲一大早带着我,我提着鸡、鱼、猪肉和水果到离家五公里的村庄找一名裁缝师傅拜师学艺。

我与母亲抵达时,裁缝店刚刚开门,店铺大门两边摆放了两张供客人们坐的三尺板凳,中间合一起放着三台缝纫机、一台锁边机,最里面靠墙摆放着一张巨大的裁剪板。我的师父叫芳芳,她扎个马尾,穿一件白色的确良衬衣,炎炎夏日,衬衣的每一个扣子都扣得规规矩矩,一看就是个老实守旧,不会灵活变通做事的人。师父说话的时候,一直带着微笑,声音温柔悦耳,语速轻缓,怡如春风拂面来。和我一起学艺的还有两个师姐春华和秋香,虽称她们为师姐,其实她们的年龄比我还小两岁。

开了店门,就开始工作了,春华提着炉子,准备夹些木炭到后院生火(八九十年代熨斗使用木炭加热)。她刚满14岁,中等身材,长着娃娃脸,又喜欢笑,笑起来眼睛眯成一条缝,脸蛋红扑扑的,像秋天成熟的苹果,很是可爱,只有那双长满了茧、干枯粗糙的小手跟她的长相配不过来。我第一次接触到裁缝这个行当,真有些茫然不知所措,就和春华有一搭没一搭地聊了起来。她说,她和秋香是从小一起长大的同村人,世代为农,靠天吃饭,不仅辛苦还很穷,她们觉得天干饿不死手艺人,就托了关系介绍来学裁缝(八九十年代的裁缝是香饽饽,师父挑选学徒的要求极高),学满三年出师自己就能开店,再也不用种田了。

春华说做裁缝的学徒,大都来自穷人家,没有什么文化。从某种意义而言,做裁缝也确实是生活所迫。尽管没有文化要求,裁缝对学徒的年龄要求还是比较高的。通常要求年龄在13到15岁。因为这个时候人的手指比较灵活,眼睛又好,学东西快。学徒的第一阶段,就是帮助师父家人做些家务活,包括洗衣做饭带小孩;配合师父师姐们做些开工前的准备,比如备好裁剪工具、用物、热好熨斗等杂活,同时学习手工针线的基本手法。春华学艺一年多,已经进入第二阶段:缝纫。她弄不明白我这个高中毕业生,家境也不错,为何也来学裁缝手艺。

师父则和我讲了学裁缝手艺的规矩。比如,俩师姐都比我小,只因为她们比我先登门拜师,我便只有被称为师妹的份了;学艺之人要树立好口碑,做事要尽心尽力做好,不能偷懒;三分做手艺,七分做人,对人要尊重,还要有好脾气,最忌与顾客顶嘴。

师父对我说,学裁缝手艺的学徒需要满三年才能出师,因为她先生是我爸的下属，不好意思拒绝，就让我学到哪儿算哪儿。鉴于我只是打发高考结束这段空闲时间短期内学艺，时间上不允许，就直接进入第二阶段学习缝纫及配纽扣、锁扣眼、做口袋、门襟、缝边缝及一些简单的衣物修补工作。她说这些看似简单的活儿，事实上也是最考验手工功底的地方。拿锁扣眼来说，扣眼就是人的一双眼睛。就算衣服做得再漂亮，可是如果最后锁的扣眼却不够美观，那么一件衣服就算是报废了。说完她开始教我量体和用空针缝布，要我练到手心不再出汗为止。然后教我用"捏布头"进行练习：起初捏一层布，逐步增加到捏四层六层的，而且布要捏得整齐清洁，手则要练得骨头柔软方才到位。

师父手艺很好，从15岁开始在这一带开店已经近二十年，她拿着碎布条，坐在缝纫机上给我示范一遍，那近二十年不沾阳春水的嫩滑双手在缝纫机上灵巧地翻飞旋转，同时教导我要把针脚缝得直直的，如一根直线，不能缝得歪歪扭扭，像匍匐前进的蚯蚓似的。我学着师父的样子，穿针、走线、踩脚踏，所有动作一气呵成……期间师父也会教授擦拆缝纫机，以让我了解缝纫机内部构造及基本的使用与修理方法，并练习各种收针、切直裥、切滚条等车缝操作技术，直到做到针脚均匀整齐为止。学习了这些后，我就可以开始做些袖、领等衣服的零部件了。

不知道是因为我画了多年的手稿，还是因为我读了书，多少还能揣摩一些，技术很有长进。一周后，师父对我说："你学习能力很强，缝纫的线条平直，回针线叠合完好，可以教你缝合了。"她拿着几片裁剪好的儿童上衣料，让我细心分辨布料的正反面，并叮嘱我缝合处一定在反面。我按师父说的先缝左片，之后右片，再领子、袖子，最后就是钉扣子、锁扣眼。锁扣眼是一个技术活，要心灵手巧，动作要柔性，要有整体美感。扣子安装好了，之后就是熨烫。当一切工序完毕，当一件件崭新漂亮的衣服呈现在我眼前，这时，我感到它们不仅仅是衣服，而是一件件精美的艺术品，令我愉悦而沉醉其间。渐渐地，我这个后来者居上，裁缝技艺已经把两个师姐抛在了身后。每天她俩除了学艺还要包揽师父家的家务活，我有时也加入她们一起做点什么,但师父除了让我清扫店铺的地板,基本杂活不许我干,让我专心做手艺。收工之后,春华、秋香向左走,我骑自行车向右行,人生的走向似乎从那一刻开始隐约有了分歧,变得殊异起来……

两个月以后,师父派给我缝纫的每件衣服我都能游刃有余地做好,缝得扣眼美观、针脚均匀,穿起来好看又舒服,还得到很多客户的好评。师父颇感意外,也很高兴,她决定传授我关键的裁剪工作(她原本以为我只是玩玩缝纫机打发时间)。接下来,师父教我先是在纸张上练习裁剪,然后用坯布裁。而我也能举一反三,在裁剪时特别注重针对各种不同体型的修正方法,比如畸形体、高低胸、斜溜肩、驼背、大肚等。

一天,师父做客去了,我与两个师姐在店里接活。这时来了一个很时尚的女子,要做一条大摆裙。因为是乡村,很少有人做裙子,两个师姐不敢接,我却大胆接了下来。我擅自接的活自然要由我来完成,我对着样板书里的裁剪图,算好了比例,裁剪并缝制好。师父回来正碰上女子在取做好的裙子,她看到裙子大吃一惊,问我这么好看的裙摆是怎么剪出来的,我说我学过扇形,把布料斜对折,上面小下面大,算好尺寸,就能把裙摆裁剪出来。看到顾客满意而去,我很有成就感,也特别开心,干劲更足了,手艺也突飞猛进,师父也就更加宠我。

当然,做手艺和学手艺也不是想象得那么开心,它有苦,也有累,很多时候是打磨手艺的辛苦坚持和旺季没日没夜赶货的疲累。但对我而言,苦不堪言的却是融不进的圈子,以及师姐们偏激的挤对,这些常常令我处于尴尬悲凉的境地。有一次,师父接到一匹乔其纱面料,客人要做一件无袖小衫,我和俩师姐都凑过来摸这块面料,天蓝色的纱质细腻,垂感极好,但容易勾丝。师父说这种纱料价格昂贵,在我们县城没有卖的,不能弄坏了。还特别交代说师姐的手粗糙容易勾丝,我的手没干过粗活细腻嫩滑,由我来做,我抬眼望向她们,发现她俩的眼神和手上皲裂开的口子一样像要把我吃了。师父交代好了我们的工作,就带着儿子出去了,我上了一趟卫生间,回来拿出那块乔其纱准备开工时却傻眼了,布料已经严重抽丝,就算做好了衣服,客人也不会要的。恐惧和委屈一齐涌上心头,泪水在眼眶里打转,我抓起布料骑上自行车,一路上跌跌撞撞到了香港人办的制衣厂,看到三姐眼泪就忍不住扑簌簌往下掉。三姐问明缘由,变戏法似的拿出一块相同的布料,她说来做衣服的就是她们厂的会计。我姐是服装厂的出纳,上周老板从香港回来帮会计和她各买了一块布料,会计听闻我在学裁缝就来照顾生意了,后来我就用姐姐这块布料做好一件小衫,天衣无缝地赔给会计了。

就在"金河秋半虏弦开,云外惊飞四散哀"的时候,我将近三个月的裁缝学艺生涯戛然而止,又踏上了求学之路。

服装是一种记忆,也是一种语言,它以非文字的方式记录了历史的变迁。恍然回首,裁缝店的身影正渐渐淡出我们的视线。

"梅,给你一把空心菜拿回家炒了吃,这是我自己种的。"在菜市场,一个卖菜的阿姨叫住了我。

我却一脸茫然。

她说:"我是春华呀!二十年前我们一起学过裁缝,你不记得了吗?"

我说:"哦。"

她说:"当年那匹天蓝色的乔其纱是我和秋香故意用刷锅的铁丝整的,我们羡慕嫉妒恨啊!家里穷,又没有文化,以为学了裁缝手艺就能跳出农门,谁知道现在大家都买衣服穿了呢?"

这时她把空心菜往我手里塞,在碰触到我的手时,灼痛了我。这双手苍老干枯,比二十年前更加粗糙,纹路更深,就算炎热夏季也起皮开裂,新裂开的口子在渗血,深一些的裂缝里藏着很深的黑黑的污垢……

(原载《散文选刊》2017年第8期)

 诗 歌
(2017年度)

麻雀·尊严和自由

侯 马

这样的诗句让我心领神会
"一出门,就能看到亲戚和麻雀"
没有深切的乡村体验
就不知道卑微的麻雀多有尊严
有谁见过
笼中的麻雀
只有踢翻的米盅
和一具横倒的尸体
抓过雏雀的手
会终生出汗,拿不稳刀剑
它离人类最近了
但永远是邻邦,绝非家奴
饱经沧桑的人知道
他们是自由的精灵
没有道义可以审判不羁的灵魂
甚至良知也对不住自由的追求

中年漂流

许 敏

岁月有从容之美
中年犹然，但有尺度

一场暴雨，洗净心中
一山一石，一草一木

舟楫穿清流，过巨澜
是侍佛的老虎，跳跃难驯

在是非难辨的模糊地带
也有自己独到的评判

尘世是宽阔的，也是斑斓的
有着刺目锥心的诘问

但是事物本身很沉静
进退，迂回，有几处闲笔

一种深入骨髓的凉意
弥漫，暮色如晦暗不明的斑岩

心亮自明，无须秉烛，也不再
用头颅撞墙。三月的雨水，体虚且胖

用嫩芽，深入电闪雷鸣的云层
破译一整座天空的密码

我有故友，突然离去，他说大梦先觉
此生不再苟且，只想安静地做个蛋糕师

围 棋

田 湘

天空打开棋盘
以云朵为棋子

黑白对弈
泪水般的雨点落下

一个陷阱被识破
又出现更多陷阱
虚无的领土,迎来空中大战

无爱,无恨
只为一场毫无意义的胜败

闪电是无情杀手
让云朵无处可藏

白也不是,黑也不是

天上亦如人间
谁能猜透天机与人心

忠诚的证明

——观《南粤亮剑——广东省公安机关"飓风2016"专项行动成果展》有感

李国强

(2016年12月30日上午,《南粤亮剑——广东省公安机关"飓风2016"专项行动成果展》在广州天河体育中心体育馆正式开幕。此次专项行动可谓战果多多,案例多多,故事多多!本人参观展览后深受感动,于当晚写出这首小诗

——《忠诚的证明》)

一张张展板,镌刻着你的忠诚
一幅幅画面,把你的赤胆辉映
一行行足迹,和着汗珠和血水
叠印在南粤的大地上
一排排身影,是那样地威武坚挺
不忘初心,牢记使命
南粤亮剑,雄师出征

一张张照片,记录着你的忠诚
一个个镜头,把你的英魂升腾
一串串故事,伴着誓言和歌声
回荡在南粤的大地上
一阵阵掌声,是人民对你最好的赞颂
忠诚是金,纪律严明
高举旗帜,砥砺前行

面对刀山,我们勇敢冲锋
迎着枪林,我们不怕牺牲
用誓言为誓言壮志
让忠诚为忠诚作证

山野经

杨 角

读野史,不与三皇五帝过招
选一处风水,五马归槽
此生是不可能再去天空振翅了
做一只青蛙,草木加身
不带一根翎羽
继续保留田鸡的笔名
从此不玩微信
在山野重建朋友圈
任命螳螂为花花草草生疮害病的
外科医生。学做端公
为死去的昆虫写咒符张罗法事
邀请萤火虫参加一朵花的烛光晚会
让所有不切实际的眺望
都石头一样滚蛋吧
忘掉绵延的峰峦,在那里
我的脊骨,会看见自己的遗址

山顶在雪夜暂时高了一些

武靖东

风把雪搞得乱七八糟
等到盗窃三观滩沙场柴油机的家伙演完皮影戏
月亮才露出弧度
它照着小镇上凹凸不一的化工厂水泥厂保健品厂
照见了上夜班的瘦刘、三鳖子、习冬梅
有关董事长搞胖会计的闲话使他们快速暖和起来。河对面
火车在叫,铁轨分清了那些肉体惊蛰前的去向

落雪辞

蝈 蝈

这里是北方,天地苍茫
乌鹊的身影以及啼鸣无迹可寻
天空过于沉重了,它释放出结晶的泪水
——它们抓住尘世上扬的碎屑
去往村落、楼宇和一个人的鼻梁,去往短暂的幻境
所有人都变得小心翼翼,袖头上写着
寒冷的字据,昨天不是这样
今天要面对的只是一场久违的落雪
它们落入昨日的焦灼
比如嘴唇干裂、双手起毛,魂魄里的流行疾病
它们制造了一场小风暴
不在现实世界,也不在人类内心

大金瓦殿前

苏雨景

那天,在大金瓦殿的台阶上
透过密实人群
我看见对面有几个磕长头的人

他们置杂沓的人流于不顾
置各异的目光于不顾
置高原的雨水于不顾
眼观鼻鼻观心心观自在

他们一次次匍匐下去的样子
让我觉得愈发沉重
仿佛我因为怕雨而穿起的雨衣
因为怕冷而紧裹的外套
都是厚厚的红尘

断　崖

张雁超

断崖是叛逆的
它不但选择惨白而且拒绝顺从
大众化的圆润起伏
仿佛要做一块不刻字不撰文
巨大的空碑。谁在它面前站立
谁就是面壁者。金沙江从它面前淌过时
无由地要比其他时候更静一些更亮一些
仿佛一个人得到了启示
睁大迷蒙的眼睛，有了神

仿佛它就是时光

翟营文

仿佛它就是时光,安宁、醇厚
有细密的纹理。它不习惯于
花和果实,不习惯与丛林呼应
披岁月的沧桑,坐于一隅
有阳光在体内展开,以自己的坚持
托举岁月之轻
没有木头端坐的居室一定是
不完整的,在它的光影里
停下来,它就是一座小小的城池
就是江山万里
就是命运的坚硬和隐忍
读一阕词,天光云影尘世的喧嚣
被隔在窗外,木头的慈祥里
有芳香和茶的温度
有灯光返回内心,树木的体贴

足以抵挡脚边的寒凉
在流水旁慢下来，在万字格和
精巧的手工里慢下来
摒弃那些广告语一般的词汇
机会主义者和理想主义者各占
半壁江山。而我更喜欢
在一幅木质写字台上细描出汉字的
美妙，将清风明月
一同描摹进去

敌 意

芒 原

花香开出一半,就停住了
落叶旋在半空,就停住了

人间的小女儿还在襁褓中,就停住了
积雪还在珠穆朗玛,就停住了

每一天都在送旧人,每天都有新人
每一天我们都怀有敌意,每天都有一面墙

鸟鸣堵在喉咙
大坝拦截流水

根,或独白

陈计会

岛:一个古老话题。当它被海推入——
孤独、漂泊、无依的境地
它挣扎着,弓起丘陵起伏的背脊
你看到,海天之间,一只裸露的螺壳
它的口吻,紧紧依附大海的母腹
眼睛,贪婪地盯住大陆的苍郁
正如传说——海中有鱼,形如鹿,每五月五日夜
悉登岸,化为鹿——但它却无法挣脱
海的束缚:营养、保护、操纵
渴望,一根藤蔓,不经意长出
——十里长堤。在地图上那么纤细
而它系着一辆辆满载石头的手推车
在汗水里打滑,在意志里爬坡
让海在左边喘息,在右边低头
(书记诗云:一道长堤接翠微)
我却看到,它与一个沉落水底的朝代

连结:那场台风,从北到南
蒙古人甩响马鞭——
划了一个圆圈:宋太傅在旋涡里
或许还来不及挣扎,便已沉睡
——海,容不得你讨论,它的权杖
从此,一片荒冢,成为凭吊的符号
海在远处,擦拭刀剑,闪闪
然而,仿佛一夜间,潮汐撤退的滩涂
弹跳鱼迅速聚焦游客的目光
不!是弄潮儿,弄来一副堂皇的鲨壳:开发区
同时,将远处的城市搬来——
征地、打桩、宾馆、烂尾楼,一堆术语
一下子难以消化、分解,梦的后遗症
黄金、欢笑、咸鱼、避孕套、古沉船
……在沙滩上铺展辽阔的想象
——海在不远处,兀自咆哮着
从鲨脚藤吹响的喇叭花,到与
鸥鸟一起划行的帆板——
你发现网箱和风车,不断扩张领域
大厦的影子,与海浪形成夹角
城市驱动轮子,以洪荒之力——
企图占领更多的风景
岛,在自身的欲望里膨胀或沉沦
(莫非它遗忘了古老的教诲)
——海在不远处,兀自咆哮着
当我的目光从大海尽头返回
带着潮湿、咸腥,搁浅船木的气味
侵蚀着历史、岛、航向
我无法控制住自己的内心——
它的驿动,与不安

草原的云朵

逯春生

在草原
是先有云朵
还是先有绿草呢

草原的天空是
折叠在远方的草场
云朵是牧人
用目光放逐的牛羊
更多的时候啊
那些云朵
就是草原梦中
锦绣的山川
晴空下的云朵就是
载着牧人歌声的小船
那一缕缕霞光

就是船上撒下的
无法收回的网

草原的云朵啊
牧人一样
喜欢流浪
草原的云朵
是草原的赤子
命中注定要
大雁般地飞翔

秋风里的母亲

孙友民

设,一年的秋风为一吨。亚圣忌岁的年龄了,
八十四吨秋风砸落下来,从脚面起,往上堆积。

没上膝盖,有了风湿病;没上胸口,有了消渴症;
没上喉咙,有了百年孤独。

堆到眼睛上了,世界,
被一朵从眼睛里升起的云,慢慢遮蔽。

当年妇救会长的齐耳短发,被时间的镰刀收割干净。
一场感冒,是又追加的一吨风,硬把你往土里摁。

我接你从诊所出来。走一段,歇一歇。
远处是无边落木,近处是秋天越筑越高的图圄。

你坐在路边石头上,
有石头的宁静,也有石头的喘息。

那块石头,是多年前陨落于此,
失去了光芒的无名行星吧。

入蜀记

——兼致蝈蝈

陇上犁

秦塞之陇南,是我们的久居之地
李白　杜甫曾涉足而行
牛车在青泥盘山道上的背影
至今在唐诗中耀人眼目
而我,被仇池的石头羁绊
你在同谷一次次地翘首催促

也罢,时令已是初冬
人生已到草木枯黄
那就做主一次自己的活法
入蜀吧,看一下锦官城
再与杨角诸兄饮一杯宜宾酒
在长江边练量,夫复何憾

然后,我们拜一拜诸葛丞相
沿兰渝铁路　平绵高速　十天高速
用不着六出祁山,一下返回老家

愿野草葳蕤

沈秋伟

春和景明,万物荣耀
三月,众神风光登场
花仙子成群结队
吐露的芳华袭遍九州十国

流水先生不舍昼夜
风姑娘欢喜雀跃
他和她走过的三山六码头
可谓处处海晏河清
春光大人巡遍大江南北
只见户户民舒物泰

而我冬眠太久
睡眼惺忪里反刍着旧梦
春雷一响,星汉冰裂

我养的诗歌小鱼儿便蠢蠢欲动
想在这个春天试游银河

但气温起伏，春寒料峭
此时我猛然想起
我岸边那一群野草朋友
是否也配得起一件绣腰襦
葳蕤着各自生光

太阳雪

孙梓文

在微信上敲出"太阳雪"三个字,我震惊了
仿佛一条河流,有了摆动的欲望
一部长篇,有了谋篇布局的冲动
仿佛手中的经筒,有了转动的风声和劲道
仿佛,太阳+雪,就是一场梦境

——意念如此辽阔
这些顽强的石头
现在,从昌列寺出发
在我心底,完成了一座庙宇的奠基

枯蓬记

圻 子

枯蓬落于山间，水间，田野间
我想加入一些流传下来的诗句
让它看起来像我们的诉说
比如"翘翘错薪，言刈其蒌"
事实上我曾刈下那些枯死的草
将它们捆扎在一起，背回村庄，用作灶膛之火
我也曾拨开草丛，探寻一种体态娇小的鸟
——那是一种鹈鸟，建巢于芒草深处
在荒僻旷野听到它的鸣叫简直是意外的惊喜
秋风里的枯蓬，凌乱
失意，恰似众多生命写实，寥寥的数笔
落于山间，水间，田野间
抖抖索索，所谓的孤寂正跋涉故旧山河而来

预审笔记

青蓝格格

从听到他丁零当啷的脚铐声起,
我的心就开始悬起来。
我想见到他,我想见到他。
他在我心中一直是仪表堂堂的模样。
他见到我的第一句话
就是:"我想死。"
然后,他就用他
明媚的眼睛望着我……
而我却想哭。我再一次想哭了。
但我强忍着,对他说了些
我应该说的话。
我们之间说了很多话。
我对他说:"春风的不可控
揭示出人性的泯灭。"
他对我说:"人活着就是人性的消磨。"

他对我说:"我总是梦见塔尖上的光。"
我对他说:"有梦就好……"
我并没有告诉他,我的梦
就寄托在一碗
稀得无法再稀的小米粥里。
——我们还谈起尼采和哥伦布。
哦,我们的谈话毫无秩序。
就像我看到
他头顶的白发毫无秩序一样。
——这些被血
淹死的幽灵哦,
我听见它们"呜呜、呜呜"的哭声。
他已经是另一个世界的人了。
谈话结束时,我递给他
一片纸巾。
他打开纸巾,在自己
灰白的脸上
用力地擦……
他真的是在用力。我猜想
是不是在那一刻,他才理解了生命的教义。
他真的是在用力,
仿佛他身怀"起死回生"的
绝技。

抄子屯的雪

王富举

去时,那些雪
全都落在了人间的低处
那么美,那么安静
孤零零的草垛那里有我低徊的青春
比一棵失去叶子的椿树更沉郁

它们会在风里一点点融化
像一些爱,我看着它们
我看着它们缓缓消逝所以我自己不过是
一个在记忆里永恒沉默的
雪人

半窗月光

——监狱日记摘抄

詹用伦

一、在肉体里磕着长头

天黑下来的时候
我必须退回狱室的十六分之一

门锁在外
房间里始终亮着灯
二十一点,我必须退回床上
然后,退回肉体

闭上眼睛
一条幽道通向远方
父母,爱人和孩子
山水隐约可见,天空飘雨

灯光昏暗
转弯处,有人尖叫
我无法夺下我已举起的刀

我需双手合十
每天晚上
匍匐在那条幽深的路上
磕着长头

二、半窗月光

床边墙上日期表上
每天
我都会用力涂去一个日期
如削去一层罪恶

3月31日是女儿的生日
白天
刺破手指流的血
腥味使我呕吐

狱医包扎的纱布——
白如蛋糕
跳动的痛,在指尖上舞蹈

望着床前的半窗月光
我看见
一颗流星划过,带着粉身碎骨
的光亮

海的家园

董 妍

1

并不是，到了海边就能认识海　而是低头，比蓝天低一点
比海鸥翅膀略高的姿态　温暖一滴水，一座岛，一个城池

2

雨水丝丝入扣，注入甜蜜　稀释苦的海——
海鸥振翅高飞　绕着金色的船桅
越来越陡的悬崖　衣衫褴褛，特别是冬天　风能将往事吹来，又吹远

3

　　瓦蓝的天空，贴着海面　海水羞涩，绽开白白的纸片　金黄色的字体，随着归来的云朵盛开　娟秀的字体，包括所有的小　随着太阳的光环一点一点扩大

4

　　我多么爱你，爱这世界　海水在金色的细沙上写字　你的臂弯有多长　我们的依偎有多远

5

　　手掌太小，天空太大　海呀，层出不穷的浪花　开而不谢，开而不败　我已迷恋多年　渔歌、海鸟鸣叫　合成笙歌，装在鱼篓中

6

　　沿着海，我们的岛屿，杂树生花　那些年远离人群，却是吃透人间烟火　尘世的繁盛或者道德的失范　清远，干枯，无味　岛屿，经年的刀耕火种　鸦雀无声，灰飞烟灭

7

　　辽阔，比船只更宽的秋天　只一眨眼就到了近前　雄鹰展翅，箭在弦上　那么的近　我只是在岛屿上站着　与老实的礁石一样　与委屈的孩子没什么两样

8

　　海去了，又回来　回来后，又去　而你还在，而我还在　我爱这个世界，也让这个世界　闻到那时候纯洁的最无所遮挡的馨香

9

　　两只螃蟹跑上沙砾　幸福地生着小螃蟹　我的手指划过另一个宽大温和的掌心　指尖划过你名字的味道　有旧世纪沉船的味道，也有新的海风的味道　混杂着旧冰川或新温度

10

　　我无法将那些年，与你无关的过往　像海水抹沙子一样　一直抹一直抹，抹到无痕，无迹　有一天你会为我再次鸣笛　我会再次流泪……　你知道海水的咸，一半是我的泪水。　你却不知道，岛屿的高大，是因为你。

11

　　距离心脏最近　我一直举着，看着远处的帆船
　　而我的掌心，轻轻写下你的名字　方向与地球的公转一样　速度比地球自转略慢……

如果银河倾泻

卢鑫婕

又是一个平静的夜晚
海将船推得远了
失事的星星垂挂半空
他们比灯塔的光暗一点
我举着望远镜,望着平静深邃的海
年轻的沙滩蟹正接过父辈的铲子
继续挖着深不见底的隧道
他们等待父辈的灵魂在银河倒流后回归
我坚定地支持他们,并兴奋地想着那个时刻
当几亿光年时间的虫洞终于逼近
当银河倾泻而下,时光在手心里流淌
我是否可以回到十七年前的某个夜晚
我不用喝烈酒壮胆,我不再颤抖双手
我虽然流着眼泪,却语气坚定地对你说
所有远航的船都会再回来
所有失事的星星都可以修补缺角
一盏灯塔的光可以照亮远无所见的远方

盛夏里

李晓峰

不必要投身光明深渊。但尽管可以去
重复庸常的温暖。
最赤裸的季节里,让落日尽管盛开,
汗珠滚落在月亮花上。
可以不急也不躁,静待鱼肚色的光
生出无数道荫凉,
关照光阴的每一寸火焰。

一年最多的紫外线都在这里,
一年最有耐力的白天都在这里,
叶子在盛年的日记也都在这里。
闪电呐喊在暴雨里,雷声是天地的快感,
夜晚的捣衣石青苔斑斑。

蒲公英凝视风。蚂蚱与鸟合鸣。

包括屋子里的人，万物都忙于感恩。
冰雪的密使更提前告诉炉火的舌温。
隔季的缘，记着羞答答的脚心。

但，亲，一切又证明你
才是会穿针走线的天使，
我所有积攒起的赤日炎炎一定都被你一次性缝补了
不必投身光明深渊，
我坚信庸常的温暖。
每一次庸常了的温暖。

硬　块

莫　莫

攥在手心
温温的，像昨天还握着的手
硬硬的，像昨天
还硌痛我的，陡峭的肩胛

要不要装进口袋
带回家去？这样想时
听到问："天冷，
要不要给老人加床被子？"

嗯。我答应着
将手中的白色硬块放回
桌上的汉白玉盒。看着
戴白手套的人合上盖子

她们用蜡将玉盒层层封好
将大红的小被子
盖在您身上
外婆，是您喜欢的绸缎被

爱如雷

王长征

灭趾,灭鼻,灭耳。(引:《易经·噬嗑卦》)

大片的阳光被乌云一口口吃掉

闪电飘飘摘下鹰的利爪
天空的虎口里
雷从大地上滚过

动用刑罚如噬嗑之厉

现在正告你
断掉你的脚趾是你闯了禁地
毁掉你的鼻子是你嗅了禁忌
割掉你的耳朵是你听了淫语

谁知道此刻爱必须是雷

当闪电揭开了你的窗户
当迅雷进屋
当场让我交出了藏在内心的杂物

河对面的秋天是大家的

李德武

所有的手,指向一个点,
所有的坍塌都回到原点。
拥抱离自己最近的过错吧,
拥抱熄灭的沉默。

那么多的鸟鸣,摆放在
河对面的取景框中。后面伸出
一对翅膀,抱紧自己的灵魂,
在程序外荡来荡去。

远处聚集的人群正在吸收
另一个人群的庞大,所有的
颜料向着同一个方向奔跑,
清白就会向后撤退。

大雪有灵

周孟杰

雪不会遂人愿：大雪纷纷，大雪封门
它在为出行人留退路
为归来人留归途
人们呼声越切，它越不乱自我
一片一片，急缓有度
像一个心中有数之人，揣度自我
大雪有灵，它就看见自己灾祸频发：撞车，坍塌，雪没山河，白首分离
它在努力
为得意之人下得意，为失意之人落失意
它的努力是有灵的

站在雪地上，看雪如尘
没有谁允许，我瞬间白头；没有谁降厄运，我滴水成冰

只是我愿意,在愁苦的世上,为小爱动容,为大死落泪

现在,我无法确认
一场漫长大雪,下得从容还是迫不及待

爷爷是无法指代的代词

小　芹

我的爷爷只是一个代词,却又
无法指代
只是一个疑问,又仿佛
是空气,明明存在却看不见
不能依偎撒娇,以稚嫩的童音
叫一声

在社区养老医院,我看到众多老人
有儿孙们探视
我幻想过爷爷是他们其中的一员
我也是

打 捞

于国华

我必须提着一颗星星
才能看清海岸线
臂弯里的那片海

那里有一湾银色的沙滩
像月牙　更像少女
忍俊上翘的嘴角

沙滩上的绵绵絮语
都是海浪淘洗过的锦缎
铺满甜蜜的黄昏

今晚我想打捞那些絮语
即使捞出贝壳和残月
也都是絮语的部分

还包括我提着的星星
虽然它一语不发
但已眯起了小眼睛

我要找到昔日的鸥鸟
和带走两行足印的浪花
帮我解开海湾的纽扣

我喜欢被风吹向每个角落

甲 戈

阳光从水面上折射过来
脸上身上都落满了耀眼的花瓣
一头扎入广阔的水域
千朵万朵花开了
天空照亮了另一个世界
我的诗句在一滴水珠里转动
一点点升起一点点扩散
我喜欢被风吹向每个角落
一片水域一条河流一段记忆
以及一无所知的幸福
让我一扇一扇打开窗子
微山湖被你单纯地含在嘴里
我明白了那些迷失的路途
在一叶帆一行鸟一片芦苇
留下的空白里停下来

深夜，法制民警在审阅案卷

戴存伟

风吹百叶窗，翻动正面、反面、斜面。
此时，入睡的人继续潜行在梦中，
跃马横刀，浮在半空。
秋天的河流，岸上的菊花，
蜿蜒小路上秋风迎面吹来，
夜已深。他翻完一页笔录，
又翻一页笔录，
真相还是假言，客观还是虚构？
鲜红的指印，手纹回环往复，
断或连，开或闭。
在案件的迷宫中，他边碰壁边行走。
在这迷宫中，
他铁肩担道义，
内心摆正法律的天平。
在找寻，在梳理，在判断，

法条如经,情感如纬,
纺织成疏而不漏的法网。

此时,入睡的人继续在梦中潜行,
有的梦浮在半空,有的潜入大地。
而他保持着清醒,陪伴他的是
办公桌、纸张、笔、灯、
绳索、案卷、经与纬。此时,
谁清醒,谁就能看到真相。
大地、天空的星辰,祖国、可亲的人民,
请继续安宁,请继续在梦中潜行。
北纬36°、东经116°,
凌晨1点21分,
一名法制民警埋头阅卷,
在迷宫中一步步走向黎明。

拔牙记

瞿海燕

牙医掰开我的嘴,摇动着
我那颗早已成为行尸走肉的牙齿
他准备动手了

我的老婆也龇牙咧嘴的
她看上去比我还紧张

现在,这个连接着我苦与乐的零件
正亦步亦趋,先我而去
其余的零件还排着队,观望着

当它在牙医的钳子上化作一团血污时
我老婆本能地尖叫了一声

我有些怅然地起身,我老婆像一个备用零件
快速地填补进了我身体里的虚空

活　着

吴顺天

以前，活着是一棵树
以前，活着是一根绳子
左手日月生辉，右手虚无宽阔
这多像一首诗歌站在空中的灵魂
什么都需要答案
什么圣经，佛经
都是文字以下的肉体
现在，活着还是一首诗歌
在日子泛滥成海的时候
跳跳广场舞，减肥，瘦身
甚至可以从影子中间摘下桃花
活成十里长亭的冷风，黄昏，日落
什么也都不需要答案
什么三世，三生

都是文字以上的肉体
这满满诗意的分行
它一定是要捂热土地
让尘埃从天边赶来

逐 日

周 昊

草原落日
点燃万顷秋草后撤离
我像夸父一样
笨拙地追去

身后
有星星,有月亮,有黑暗
在追着我

我不能回头
没有时间喘息
在光明与黑暗的边缘
我,无法停歇

当雪开始落下

大路朝天

当雪开始落下
我说
等春天的时候
我们这一段好时光
会变成一支芦苇
钻出残雪
绿在化冻的堤岸上

蛰伏的大河
会毛细血管一样从细微地裂开
到轰然崩开
恣情成野马冲撞的春水

那时候
整个的辽河平原都绿了

我们这一支芦苇
会消隐在春风里
但为了望得更远一点儿
它必须努力长高一节

面对一场雪

孙学军

那些无法触摸的,会越飘越远
这不是爱的罪过,是一种错误
像生长在头脑里的草莓,从未
出现在现实中,不过是一个幻觉
或者偶然想起的一个比喻。冬天的
森林里,片片雪花都埋藏着秘密
白雪公主,赤脚走在松软的雪地上
一幅多么让人心碎的画卷,而
在遥远的城市里,孤独的王后开始
失去平衡,渴望找回朴素的美和力量
这就像一幕喜剧,却意外地产生了
悲剧的效果,哦,是的,我不会说出我的
惊恐,就像我同样不会说出我的快乐
这不是爱的罪过,只是一种错误
犹如孩子们眼中的世界,洁白,干净
似乎从来都如此,从来都了无新意

词语的火焰

葛峡峰

在词语里生活的人
生活在幸福的国度里

例如春天
旗帜下的游鱼,野鸭,垂柳,花花草草

例如土地
和它繁衍的近义词,父亲,耕耘,刈割,疼痛,收成

还有祖国
和它护佑的平安,繁荣,梦想,亲人

我们生活在平凡的词语里,浑然不觉
我们置身词语的幸福,有爱和热血
火焰熊熊

在仓南

土曼河

废墟上重建
汪洋中一条破船
破,是乘风破浪的破
是破除冰山的破
是旱地里,打破天荒的破
看不见帆,只有
一杆用人心扯起的风中大旗
放在过去
这里就是南泥湾
这里就是朝阳沟,这里就是红旗渠
往内心的最深处
挖一条河吧
让世俗的缓慢
跟湍急的流水一致

打开闭合的天眼
穿过时间的命门
我看见我戴着枷锁的灵魂
跟天上的云朵一样轻

在秋天的丛林里流连

李 群

在秋天的丛林里流连
我总是波澜不惊
因为每天日落或日出
我的影子总被林荫淹没
因为大自然的复杂内心
我早就了如指掌

这里的植被密密麻麻
树木们仿佛在故意参天
每当北风凄厉
它们就沙沙作响
谁都不愿意装聋作哑
好像在演奏和谐的交响曲

我知道它们最怕燃烧

难怪它们惺惺相惜的样子
一直逗着我哈哈大笑
所以我时常朗诵诗歌安慰它们
野火烧不尽
春风吹又生

沈　寨

沈　国

沈寨一定是个又圆又拽的寨子
夜里，我来不及沿着寨子，好好走一圈
便被叫去喝酒，喝祖公生的酒
酒席设在戏台旁。开了一瓶杜康
又开了一瓶酡牌曲酒，又开了好几瓶啤酒
戏台锵锵铿铿地上演着忠臣遭害的悲剧
一阵急鼓在催命，（连干三杯，酒就是命）
遗孤怀鱼书白素，在逃亡里做尽天下客
白露是最重的酒
我也是客，在沈寨，一杯又一杯的白酒
替我安顿满腹牢骚。夜好深沉
沈世纪祖公习惯戴黑面具，坐太师椅
你永远摸不清他的目光在戏里还是戏外
我替他干一杯酒吧，这么多年，每个年底
姓沈的村庄都轮流过着沈祖公生

我也姓沈,血管里一半沈姓的血液正被
白酒点燃。脸红得像戴了祖公的面具
而一半的羞愧,害得像遗孤一样四处逃亡
一口杯一样大小的心跳
把自己呛得跌跌撞撞,跌碎星辰大海

后明山

锦衣夜行

山后有山
绿色之外仍有枯黄未曾停歇
山中有杜鹃
几声鸣叫
嫣红便如潮水漫过绝壁

我是怀抱着猎奇的不速之客
几番误入歧途
当身体的水分被劳累拧干
只剩下虔诚的时候
杜鹃花在面前腾出火焰

在痘姆，遇到一场香樟雨

王　玮

去行走吧　破除体内旧事物
正在行走啊　碾碎自以为是的青春与光华
不停地行走啊　假如你不是一个"囚徒"
停留吧　在一棵树下

痘姆乡中的香樟拥有魔法　一场雨
迅速冻结的时间　绿且葱葱
被透明的植被覆盖周身
被新鲜而浓郁的暗香陈铺
水面　空气　鼻息
流淌　温热的诗绪

扶疏的枝叶中　似有细微的雷鸣声破土
伸向天空中的枝蔓　细密的
与一只白鹭交谈　树下有一位青衣女子

身形楚楚　她似乎等候了很久
远处的溪水潺潺汩流　蜻蜓立于苔石
一支不知名的黄梅曲儿
正轻轻抚摸着乡下的每一座院落
和每一株草木

而她的忧伤和微笑　正在不动声色地
追赶　天边的星芒与苍穹

我只对一粒麦子低三下四

邑 水

吃完一个馒头,或者吃下一碗拉面
就是消耗了无数的麦粒
把无数的麦粒还原成一个个麦穗
把一个个麦穗还原成一片麦田
麦浪翻滚的地方叫故乡

麦子的一生,连着三个姐姐和娘
她们把血汗洒进麦田里
被麦管吸进麦花里
被当做浆水灌进麦粒里

而我也被她们当做一粒麦子精心侍弄
麦粒饱满之后,蜕掉全身的麸皮
粉身碎骨变成净白粉,流进城市

像极了一条鲤鱼，一跃跳进龙门

而今，在趾高气扬的城市游走三十年
我只对一粒麦子低三下四

异乡客的黎明

刘 云

宋金对垒的战鼓声在四月的春梦中
推门而入
南铁公寓的大门,关不住
异乡客的黎明

一个男人披上戎装
与一辆出租车相遇
穿宋寨过金营。朝阳斜挂牛角
八百多年前的那场硝烟早已成为历史

故垒西边。一只蝴蝶
擅自闯进了岳飞的大营

悬崖上的仙人掌

艾诺依

远方的海
安放着我们的童话
红尘中的浪花
时而扬起　时而落下
敲着厚厚的悬崖
微风也溜不进去
发烫的夏天
绿意正在蔓延
在现实断裂的地方
长出许多硕大的仙人掌
我在海边遥望
骄傲地掠过岁月的肩膀
在萧风中曼舞成一道月亮湾
与仙人掌成为了地平线

等你裹着无法阻挡的痴情
透过一种思念　牵挂
等你手捧最清新欲滴的露珠
从梦中　朝我走来

刑警的词性

川江号子

写下这个名词
我的心像警灯一样
一下子就闪烁起来
沉稳跳跃的笔尖
如已经上膛的子弹
有一种极度想表达的冲动
我知道
在警察分类的修饰搭配中
唯有你是冒着最大的风险
把一个刀光剑影的词
与一个忠诚正义的词
匹配成功
把一个流汗流血的词
与一个绝不流泪的词
匹配得天衣无缝

有了你俩的匹配
忠诚的内涵站住了脚
人民公安的风骨挺拔成松
我要说
你是世界上最大又最不动声色的名词
你放置在任何一个地方
那个地方都平安无事

除了名词
你还有动词　形容词的属性
你跑得最快
吃苦最多
你不分白天与黑夜
不惧受伤与牺牲
把一个名词
演绎成忙不停歇的动词
有时　用生命的代价
捍卫一个名词的光辉

你还是一个威风凛凛的形容词
世上的惊天动地
人间的大义大勇
都是由你这个名词延伸而来
都是由你来完成崇高的升华
我知道　忠诚的含义很广
可你是忠诚最亮丽的底色
你的词性厚重了人民公安的词性
你用变幻无穷的词义护佑着大国大梦的复兴
你的无畏与无敌
让一个崛起的大国没有后顾之忧

春天，西施故里遇见一个商人

邓醒群

夕阳打痛那扇欲闭还开的门
案上的香还在燃烧，香烟弥漫
与花香在风中交汇，给黄昏添了几分神秘

无法按图索骥去了解真相。当一个商人
把生意做到朝廷时，君王也不过是雇工
三千盔甲将一个王国吞没，典籍言之凿凿

石头上写满他的生意经。美女是拓展市场的法宝
营销都管用，当对手接纳了馈赠的美女
就意味着他的股市要崩盘。坐实谁是债主

账本不只是经济往来的清单，用笔来记账的不是商人
在市井上讨价还价的更不是。精明的商人不守财
他深知杀身之祸来自何方。一如烽烟过后，剑就会转变用途

在西施故里遇见一个商人（其实他早就不做生意了）
他端坐堂上，坦然地接受往来人的朝拜。关于他的那些事
书上有记载，江湖有传说，门前的石狮子缄口不语

那条河还在。商人还在做着生意
开实体店的，网上批发的，都在使劲地吆喝着
不断给市场这个娃娃充气

站在长桥海边上

李　军

站在长桥海边上时　我发现
身边的这个男人老了
头发稀疏凌乱　步履蹒跚
眼前那些渐渐退去的水面
难免会勾起他的
许许多多的回忆

回到长桥海　和他再一次
走在堤坝上　一起寻找着
那些水鸟　那些苇丛　那些水草
以及他的少年　我的童年
而这一切　都是曾经为他
洗去战火硝烟的事物
如今　变得难以寻找

站在长桥海边上　我发现
这个被我称作父亲的人老了
就像身边那条河流的桥边
那蓬一直陪伴我们的竹子
枯黄的叶越来越多
而我们心里都知道　这一切
无法避免　就像现在
我们在寨子里行走时
一时间　竟找不到老宅的原址
以及　那些他曾经无比熟悉的人

回到长桥海　和他在堤坝上行走
我们都在慢慢老去　而这一汪水
会悄然收藏起有关我们的一切
阳光下　水面上　苇丛中
我依然是那个少年　而你
依然是那个高大坚强的汉子
在历经战火硝烟后　领着我
捕鸟摸鱼　划船游泳

追着火车跑的人

梁荫发

火车跑,你也跟着跑
火车停,你也跟着停
火车穿过高山
你就钻进隧道
火车跨过河面
你就跳进水里

你曾经做过很多傻事,比如
雨中漫步,月下独行
又比如,你固执地守在一个四等小站
整整 32 年

闽江：洗濯或遥念（节选）

何金兴

一

上古处，闽越人驾舟行筏，此生浮萍
寄身于江河
看那江水绕南台岛画了个圈
仿佛他们用渔线，垂钓
石器时代
水鸟深陷黄昏，泗渡苍茫

二

最后的三百里，它放弃了直立行走
选择匍匐，用柔软的身体贴着大地厚实的
体温

一步一叩首。潮汐时分,总有海水倒灌
像浪子回头
它们在桥墩下相认哭泣的场景
让我为之动容

三

闽水泱泱,你会说它是冶城的峨冠
三山的丝绶,说它是历史转身时舞出的
水袖
而我仅认作一杯曲江的薄酒
慰藉前生考丢的功名和抱负

彼时,荆棘丛生于沙洲,向读书人
作揖。孤独,像匹野马,在秋风中走散
故居与祠堂
抚慰了他们未尽之志

与思念狭路相逢

刘晓霞

我来看你的时候,春寒已经来过
贴梗海棠携其近亲
仿佛刚刚结束过一次祭奠
她们匍匐的样子,比我还单薄
比我还虔敬

繁华尚存,只不是你在其间的那时
那时,我们已经开始了遥望
那时的遥望比今天
亲近出一个虚弱的凡尘

我该怎样开始思念
我该怎样开始对峙,与这春天
与料峭,与温暖?

膝头放下来的时候
我还是愿意去祝福
那些将开未开的花苞,比我更娇嫩
花事凄短,她们比我
更懂得人间

祭警魂

熊游坤

乌云又一次聚拢
等候多时的雨滴占领天空
反复擦拭那条通往烈士陵园的小路
陵园里锁着英烈的遗像
关着一园凌云壮志

他们有序地躺在一片墓地里
有我的兄长,还有我从未见过面的战友
昨日乌鸦又喊走一个倒在凶刃下的警魂
陵园又添新冢
灌木,野草在节节拔高
可春光,怎么也爬不上去

我依旧想着这个春天
墓碑前那些生长的野草

还有无名的小花
开在另一个世界
这个清明，那些来陵园扫墓的人们
会不会像我一样哭断了魂

垂柳之心

邬跃武

春风又一次经过
一如既往，垂柳依依不舍

这么多年了，枝叶扶疏的时候
她没有留下鸟儿筑巢
柳絮纷飞时
也没有蝴蝶蹁跹。可年轮厚一圈
她的心就软一圈
发出的枝条越来越柔弱
对越来越多的事物依依不舍

如此，她仍然什么也没能留住
可堤岸却渐渐生出一颗
垂柳之心

腊八节的温暖
——献给巡逻中因公牺牲巡特警、一等功臣杨建军

艾 璞

等待一场雪　给世界一片洁白
其实　你就是雪　吸收寒冷　释放温暖
天和地的距离　变得如此模糊
你在接近太阳的崇高时　涅槃了

忧伤蝶变成和平鸽　盘旋在城市上空
新的平安的日子　开始慢慢　静静被雪覆盖
化为白色的菊花　代表了兄弟们的心情
腊八节的温暖　带有你巡逻时的体温　高八度

你工作笔记中每个端庄的字眼　化为漫天的飞雪
那是片片忠诚　平安的守护神
幻化成我写的大段通讯的段落里纪念你的字符
下雪了　这次雪下在滴血的心里　衢江沉默
大家用一颗伤悲而冰冷的心　拥抱另一颗冰冷的心　取暖

雪有时是假象　　大雪冻死一切牛鬼蛇神
却没有唤醒一个醉酒的司机
我在反复模拟你的执法仪里的群像
却无法搞清飘雪　　巡逻　　醉驾者及跑风的嘴
执法　　血压升高　　头疼　　踉跄　　买药　　之间的内在联系

你的名字刻在积雪上　　也不会融化
矗立在衢江边的丰碑　　和你的腰板一样挺立
落雪有声　　那是人民哭泣的感动
你宁可牺牲自己　　化为水或者结成冰
都要给世界　　带来温馨　　平安

最爱初秋

蓝花布

初秋是一杯嫣红的酒
散发醇厚而不妖冶的香气
初秋是一抹如血残阳
温暖而不耀眼
初秋是一捧紫色的菊
开出向善的花朵
初秋是老去前握住的
最后一缕醉人的青春
初秋懂得接纳
容得下所有委屈和伤痕
初秋懂得内敛
深藏所有辛劳和怨念

初秋有密密麻麻的雨点
每一滴都沁入丹田

初秋有纷飞的落叶
每一片都懂得寻找起点

最爱这迷人的初秋
扫却一世的烦忧
结出五彩的果
抽成金色的穗

初秋还有乍起的风
掀动你我的思绪
可记得
海螺曾经宛转的呜咽

初秋轻轻地来了
虫鸣渐渐地低了
料峭正在雪山之巅
等待横扫大地的起航

每一条路都是光阴的暗河

曹 成

每一条路都是光阴的暗河,
岸边的树木和顽石长着祖先的形貌,
树枝就像他们粗粝的手掌,
总是不断地叩问苍穹,每一条暗河
都是大自然暴动时留下的伤痕,在深夜里,
水面时常漂来生命的花朵和语言的化石,
还有一声声游子的叹息。

今天我走过石门坊悬崖上的木栈桥,
看一眼衣于帝的"晚照",
夕阳的余晖瞬间就刻在心里了,
它从此将随风壁立千年了,
在明月松间照,随清泉石上流。

我攀上八歧山九百九十九级石阶,

俯瞰千块太湖石汇成的北方石林，
在无数个重叠的脚印下面，
探寻大海的前世，它曾波涛汹涌，
粉碎过一座火山的万丈豪情与梦想。

一个开拓者孤寂与悲喜的灵魂，
总要在风雨里龙盘虎踞，逶迤蛇行。
迂回，永远是水的智慧。
沉默，必将是山的宿命。

在这条光阴狭长的暗河里，
前进与后退遥相呼应，
光明与黑暗如影随形，
山风呼啸，反复扣动四季的门环，
耳畔又传来一个婴儿的哭声。

日暮乡关，那些匆匆赶路的人，
总要把自己送到
一个可以托付今夜的家乡，
一家装满心灵灯火的驿站。

我曾经听到过无数失败者的消息，
那些选择了远方的人，
为何中途却深陷泥沼，
那是因为他们的脚轻视了大地，
他们忽略了
每一条路都是光阴的暗河。

婚　事

刚　子

母亲为我的婚事忙前忙后
家里挤满了人
我一桌一桌地敬酒
看到祖母大姨姑姑表哥姐夫
一样的笑容
看到穿开裆裤的玩伴
还穿着童年的衣裳
冻肉凉菜饺子臊子面
在八仙桌上红的红白的白
昨天夜里
那么多逝去的亲人如约而至
参加我多年前的婚礼
雪花飘下来
山墙上的麻雀坐北朝南
一下下扑棱着翅膀

哑巴叔鼓起腮帮唢呐金黄
我端着酒杯
朝着母亲傻笑
她的背影越走越远
消失在北方老家门前的那座
矮坟里
整个夜里
睡在身旁的妻子
母亲从未谋面的儿媳
成了我梦里的
一个谜

鱼的避暑方式

刘心莲

我用一口老虎头缸
养着十二条金鳞的鱼
它们不说话
它们用队形
与我传递心情

盛夏中的鱼们
打开鱼的避暑方式

在酷热的水里
它们减少游动,顺着缸壁
在有荫凉的南半部水域
抱团儿静憩

它们听觉很准

识别出家里人的到来
就从水底游向水面
用大口大口地呼吸
向世界表达活下去的渴望与情绪

报案人

袁嘉敏

她亮出脖子上的指痕,讲述经过,像咆哮的狮子
"一定要弄死那个毛贼"

她推扯着民警,像潜伏的豹子从阻隔中踢出一只
高跟鞋,"老娘弄死你"

她嗫嚅着凑近,把失物抟进
我手里,"那个贼也没伤到我,只是想要这个链坠,
帮我送给他吧"

我看着手里,一块玉雕的佛

她像突然飞走的鸽子

雨中人

韩 俊

天空是乌黑眼睛
云重如铅
却重不过一颗晶莹剔透的眼泪
留不住雨黑色的忧伤

倾盆大雨冲毁了
心灵中悲伤的堤坝
都江堰的鱼嘴和宝瓶口
难以分流心中的悲伤
天府之国瞬间被泪水淹没

窗外
午夜酝酿着黑色阴谋
精心地策划着

暴雨声雷声敲打着
滚动的石头疼痛的泥土
失眠的巴山夜雨
思念伫立在雨中的李冰父子

唱给验讫章的歌

李明珠

你很轻
两个指头一捏就提得动
你很重
承载着民族的灵魂与尊重
你体积很小
五厘米的高度,不到两厘米的半径
你威力无穷
是九百六十万平方一路无阻的通行证
你的视野很窄
一生总是在护照和印盒两点之间移动
你的足迹很广
一个圆走遍一万两千里边防线的山高水重
你态度苛刻
稍掺一丝伪假也得不到你那五颗红星
你内心火热

如一团英勇的火炬燃烧着对祖国的忠诚
当我提起你
就听到海潮般澎湃的使命　令我手有千钧重
当我用力按下你
就迸发出我卫国戍边的誓言　直达霄汉九重

孝义：以山为骨削尖的部首

臧思佳

秋风楚竹冷，夜雪巩梅春。
——杜甫《送孟十二仓曹赴东京选》

山河四塞，巩固不拔
西周坚石生就巩伯国山的性格
做一把东都锁钥扼住川的脉搏
紧锁两汉三国的烽火
淘洗这些星光，饮进腹中
喂活东魏北齐迷失方向的沟壑
跌进隋的怀里，一声乳名
巩县，唤醒血管里山的基因
孕育十九世纪末终于被春风割开眼皮的
万家灯火

巩，煅成你的骨骼

义,流淌你的眼波
孝义是千年生长的经络
传承千年的山风搅拌再踏征程的号角
裹紧每块岩石怀里的古老传说
和腹地挂在蒲公英头上的
喜乐欢歌
每一阵风都是山川的一次变革
整个时代向巩义吹来
款款微波

上 火

饶 剑

鼻孔干燥
嘴角冒泡
嗓子疼哑
浑身酸痛

医生说：你病了
我说是
一颗心也即将燃烧殆尽

医生笑笑说
只是上火而已
饮食清淡
吃两天的药，就好了

他能轻易诊治出病源

而我依然没有轻松的感觉
提着药走了出来

满大街的红男绿女
他们都那么健康
真好

便衣警察

赵立源

一

　　那漂亮的制服总是无法穿起,那顶英武的大檐帽也总是不能戴上,还有那肩章、领花们,也只能压在箱底。没有办法,谁让你是便衣警察呢?

　　公交车上,你的身影时时出现,于是,车上便少了流窜犯的踪迹。

　　菜市场里,你的双手钳牢了那双肮脏的贼手,让又一个小偷了解了失手的秘密。

　　集市里,你的目光如剑,剜割着混入人群中的"毒瘤",缴获了又一个盗贼手中的暗器。

　　闹市区,你的双腿如风,追赶着刚刚得手的鬼魅,使邪恶又一次输给了正义。

　　暗巷里,你的目光如电,把一份安宁,送给了受到惊吓的花衣。

……

又是一年过去了,在庆功会上,不能见到你的身影,而在我的心中,你就是英雄,就是一个警察真正的含义。

二

一袭漂亮的制服只能压在箱底,偶尔在夜半才能取出,反复触摸,细细察看。

娇妻只能隐忍着痛楚,不能把你的身份暴露在他人眼前。

孩子只能吞咽着凄苦,不能让同学们熟悉你的颜面。

你总是日日出行,在熙熙攘攘的人群中,搜寻着犯罪者的嘴脸。

你总是天天忙碌,时常要拉紧衣兜里的枪栓。

你总是刻刻紧张,紧皱的双眉难得有一次舒展。

你打进犯罪者内部,使一个个犯罪团伙的罪恶终于收敛。

你深入人迹罕至的古窑,和歹徒开始了一次次征服的谈判。

你闯进气氛紧张的绑架现场,抚平了犯罪者狰狞的嘴脸。

你锁定残暴的杀人凶犯,一顿烧酒,喝得对方身心疲软。

便衣警察,你穿的是便衣,迎战的是凶险。庆功会上,无法瞥清你的真容;誓师大会上,无法看清你灿烂的笑靥。而你却真实地存在着,你就那么虎虎有声地存活在我们心间。

北纬 30 度的呼唤

高本宣

北纬 30 度。神秘的纬线。

那些消瘦的炊烟,那些比落叶还轻的姓氏,把一大堆"硒"字举过头顶,向世界吐纳生命奇特的品质。

神龟匍匐,以千年盔甲,以慈悲之光庇佑 400 万土家子民。

北纬 30 度。生命的原初。

我的村庄,我的亲人,在女儿会的故乡,在民谣的枝头,焚香,浣洗。族谱连连。

更多的人走回黄昏,最后一队马帮瘦瘦的影子穿过森林,穿过星辰,穿过闪电,把绕不开的风花雪月说成美丽的乡愁。

北纬 30 度。万物蓬勃。

800 里清江,掀开 800 里波浪,让自己奔跑起来,奔跑成一条大河,喂养两岸的庄稼、树木和花草。

我梦见自己也在奔跑,像远古巴人一样,踩过农具,盐巴,造纸术，踩过直立人的肌肤，踩过土司城的废墟，踩过一个村，一个乡，一个县……

北纬30度。伽蓝盛开。

大峡谷，腾龙洞，石林，古寺，抛开世俗的美丽，以红尘的教化，宽恕我，加持我。净土，莲池，摇曳的经幡，皈依我，指引我，在圣洁的方向，在无数个梦中，欢愉。

信仰在云端。瑟瑟秋风推开尘埃，满地落叶与我结茧的诗歌擦肩而过。谁把不灭的乡愁烙在额头？

虔诚在膝下。从远方赶来的爱情，抖落尘世的风霜，我们牵手，去悟生命中的禅。谁将迷茫的花期嵌进眼帘？

北纬30度。仙居恩施。
我恒久的圣地，我以纯净的灵魂抵达，栖息。
我取出骨头里的磷，用自己剩下的骨头撞击，点燃民谣的灯盏。
照耀人间。

秋　雨

包训华

西部绿洲，还沉浸在一场秋雨的曼妙之中，不能自拔。

秋雨，突如其来，打乱了季节的节奏。

万物匍匐，众神仰望。

雨，在沙漠，在绿洲，在戈壁，是另一种生命形态的张扬与释放。

久旱的西部大地阵阵惊喜，紫色的葡萄圆润晶亮，火红的石榴露出了灿烂的笑容，棉花笑白了头，苹果挺着圆滚滚的肚子，稻子弯下了腰……

雨中的昆仑山，更加梦幻。

马蹄在奔驰的饥渴中畅饮琼浆，羊在戈壁的失水中笑饮玉露。

一只小小的蜥蜴，拖着长长的尾巴，在塔克拉玛干沙漠中急驰，一场秋雨让它张开双臂，渴饮甘醇。

红柳，抖落一身征尘，透亮如洗，它头顶粉红的樱花更加妩媚。

骆驼刺，紧紧拥抱着多汁大沙包，大口大口地啜饮着甘甜的

"美酒"。

即使是戈壁滩上一枚平凡的石头,也被濯洗得晶亮晶亮。

即使是沙漠中一粒单调的沙子,也被冲洗得金黄金黄。

辽阔的戈壁,起伏的大漠,涌动着潮湿的泪水。

这是戈壁的一场狂欢,这是大漠的一场盛宴。

生命在一场秋雨中,更加勃发律动。

花好月圆

张 雷

皓月当空,丹桂香浓,圆月和花香生动着往昔的梦境。

今夜,花好月圆。今夜,入库刀枪。今夜,马放南山。今夜,大街小巷里流动的警徽和警灯是对中秋佳节的祝福与叮咛。

人在人海中,票根似乎描绘了曾经的征途和归程。

栉风沐雨,是行进的砥砺;斩棘披荆,是跨越的搏击。

五谷丰登,是父老乡亲的美好祈愿;花好月圆,是人民警察的厚重承诺。

我是人民警察。一颗心,盛满了期许和向往。平安是风景,和谐是诗情。

朝霞渲染着武装巡逻的铿锵背影,皓月照亮了警灯闪烁的大义忠诚。让车水马龙的城市秩序井然,让民风淳朴的乡村祥和安宁。

白发亲娘对月稽首,清泪噙着孤寂与思念。没有聚首的亲情,冷落了一桌的美味佳肴。

今夜,我徒步行进在巡逻防控的途中。悄然珍藏爱与亲情,佳节的欢声笑语见证了人民警察的奉献与忠诚。

对着中秋的圆月敬礼,月华浸润着世间的爱与亲情。

今夜花好月圆。今夜和谐安宁。

我们在灯火阑珊的城市巡逻,我们在鸡鸣犬吠的乡村防控。谛听舒畅的呼吸,欣赏梦中的笑靥,我们在花好月圆之夜流动成平安风景。

像星星一样的说话

烛龙君

我匍匐下来,灵魂才得以缓缓升起。青草蔓延开来,像天涯,暮色苍茫。

草地是一场注定的醉殇。

夜色坚硬起来,忘却了俯首可拾的月光。

退到无处可退,只能把一切还原为青草。天亮以前,我必须匍匐下来,听,远方策马扬鞭的奔跑。

夜空高悬的星星,是草尖抖落的雨滴。灵魂升起的时候,高过辽阔的天空,高过飞翔的雄鹰。

草地轻轻一笑,夜就坠落了。

流星作证,有时候我比诗歌还沉默。等我,回来,直到把时光交付沧桑。

我不想，你的爱在秋天走远

惊鸿照影

沿着铺满落叶的小径，追寻你留下的目光，你遗失的梦呓和熟透的相思。月亮的影子一瘦再瘦，直到成为一弯浅浅的黛眉。记忆的空酒杯，盛不下云淡风轻的流年。

从春天走到秋天，见证了许多衰老和灿烂。渐渐地明白，有些痛只能一个人承受。有些泪，只能自己擦干。有些人，注定从你生命里消逝。留不住的终究留不住。何必慨叹那一场匆匆的聚散。只要能，一路上收藏点点滴滴的微笑，为了遇见你最美的容颜。

青春的小河边，捡拾一曲悠扬的笛音。温暖多雨的黄昏。花开的季节，笑是醉。哭也是醉。屋檐下的风铃，又摇响紫色的梦。河畔草青青，夕阳人未老。我念你天涯，你等我海角。就这样两两相望。醉了岁月，也醉了云烟。

我只是一朵漂泊的云，偶然路过你的湖心。别再滴落颗颗思念，免得沉重砸痛我易碎的心。你我同是茫茫宇宙中两颗遨游的星。是缘分让我们撞击出相遇的光彩。对于宇宙，它只是短短的一瞬。而对于我们，它却是永恒！

武当梵音

吴全礼

　　传说淡去，唯有风刀霜剑，在古塔面颊刻下时光流逝的痕迹，尘埃浸染的角铃锈色堆叠，埋藏了多少场雨雪的记忆？

　　梵音袅娜，神灵安详。几经复建的佛阁经楼油彩鲜亮，僧侣老去，佛塔肃穆，犹如烟火人间的旁观者俯视红尘。山下，高楼挺括，车流汤汤，霓虹灼灼，南腔北调经山水磨砺，幻化出一个共同的音色。仰望一座古刹的前世今生，也是仰望从五湖四海跋涉而至的来路。图片中，飞沙走石的荒芜，在远古游牧留下的踪迹里，还响彻着戍边将士在角鼓声中冲杀的呼喊。而今，山巅伫立的烽燧如同沧桑的老者，目睹这片土地在无数不畏艰辛的双手中，从荒芜中编织出一片江南秀色。

　　一代人的离去，又一代人继续与风沙荒漠角逐。古刹见证，一个甲子的奋斗与拼搏，为一座城的湖光山色写下了最美的诗篇，成为后继者至诚仰慕的神灵。

京城秋色

木　木

　　钓鱼台外的银杏叶林绝不是京秋的起点,在贵胄的皇城铺就一条黄金叶道,那应当已到了盛秋,人们在两条笔直而高大的银杏树间,幸福而自由地踏足欢笑,是一幅美丽的盛世图画,百姓的幸福就在一墙之隔的红墙外,最是人民之幸事。

　　秋意浓,天高云淡更当时。暑热在湛蓝湛蓝的天空,雪白雪白的云朵出现的时候,很快就消失了,京秋就这样在猝不及防时带来了豁然开朗的清凉,北京的秋天来了。秋天,很长,早晚的微凉是第一个唤醒秋意的法子,即使午间的阳光热烈而夺目,也让人怎么都觉得属于秋天。日近黄昏是秋最伤感的提醒,夕阳迎接着月亮落下,穿着的短衣短裙分明感到了寒意,像是岁月再一年夺走了壮年,走向孤凉的暮年。

　　这样的秋,其实是不讨喜的。日渐的寒凉像极了一去不复返的青春,如果不是将岁月换作了一年一长个儿的孩子,真是发暮丝心凄凉的惆怅。越是晴天越是美丽的晚霞和落日的余晖,真正是夕阳无限好,无处话凄凉。秋天的夕阳,是我最不舍得欣赏的美景,太多温暖阳光豪迈的词语都不知躲去了哪里,只留下越走越长的影子独自相伴。

秋天到了,想念冬天热烘烘的炉火。